F. H. Achermann

# So zwei wie wir zwei!

### Eine Anekdoten-Sammlung

Neu bearbeitet und herausgegeben von

Carl Stoll

Bibliografische Information der Deutschen Nationalbibliothek:
Die Deutsche Nationalbibliothek verzeichnet diese Publikation in der Deutschen National-
bibliografie; detaillierte bibliografische Daten sind im Internet über http://dnb.dnb.de abruf-
bar.

© 2017 Carl Stoll

Herstellung und Verlag: BoD – Books on Demand, Norderstedt

ISBN: 978-3-7431-6480-2

# Inhalt

Inhalt ............................................................................. 5
Vorwort des Herausgebers ......................................... 7
Vorwort ........................................................................ 9
Der Ring des Japaners ............................................... 12
Raphael, der Maler .................................................... 71
Eine Brautfahrt ........................................................... 77
Der treulose Bräutigam ............................................. 96
Krachs Münchner Fahrt ........................................... 113

## Vorwort des Herausgebers

Mit seinen Studenten-Romanen bedient F.A. Achermann, der einem grösseren Publikum besonders für seine prähistorischen Romane wie «Der Totenrufer von Hallodin», «Der Schatz des Pfahlbauers», «Kannibalen der Eiszeit» oder «Dämonentänzer der Urzeit» bekannt ist, eine ganz andere Sparte.

Beflügelt vom Erfolg seines Romans «Krach im Examen» schob er schon nach kurzer Zeit seine Sammlung von Anekdoten um dieselben Helden, «So zwei wie wir zwei!», nach, in der wiederum die bereits bekannten Schweizer Studenten Krach, Perkeo, Tasso und Fritjof die Hauptrolle spielen, die in Innsbruck neben ihrem Studium vor allem durch ihre Streiche auffallen.

Die Sammlung beginnt mit dem Schreiben eines Fritz Sommerhalder (von 1918), der dem Autor aus einem Rotkreuz-Lazarett schreibt und ihn bittet, für ihn und seine Kameraden weitere Geschichten zu schreiben, um sie zum Lachen zu bringen.

In einer von Unsicherheit geprägten Zeit um den 1. Weltkrieg herum und in den ersten Nachkriegsjahren boten die Abenteuer von Schweizer Studenten in der Fremde zweifellos eine willkommene Abwechslung von einem oft schweren Alltag. Franz Heinrich Achermann verstand es auch hierbei wie nur wenige, seine Leser in eine ihnen unbekannte Welt zu entführen, welche es ihnen erlaubte, einer oft tristen Realität zu entfliehen.

Viel Spass mit Perkeo, Tasso, Fritjof und Krach im Tirol!

Der Herausgeber

# Vorwort

Genf, den 23. Juni 1918.

Geehrter Herr Schriftsteller!

Gestatten Sie, dass ein unbekannter Soldat im Rotkreuz-Lazarett Genf den Bleistift und eidgenössisches Papier ergreift, um Ihnen im Namen der Patienten des Zimmers No. 9 zu danken für die fröhlichen Stunden, die Sie uns mit Ihren Studentenromanen bereitet haben. Zufällig war mir — durch eine Cousine natürlich — «Krach im Examen» in die Finger gekommen, und als es mich dann hie und da vor Lachen schüttelte, dass sich beinahe mein Verband lockerte, da wollte auch mein Nachbar die Nase hineinstecken. Der las einige Seiten vor und schließlich bestürmten ihn die andern, die Geschichte von vorne anzufangen. Das wirkte wie ein Sonnenstrahl in unserer Lysolluft. Selbst der «Taubstumme» (er sprach fast nichts und war verschlossen) musste hie und da seine Hand vor die Augen halten, um nicht aus der Rolle zu fallen. Schon nach dem Morgenkaffee rief sicher einer: Fritz los! Eine Unterweisung! Sogar das Bibellesen wurde eine Zeit lang vernachlässigt. Auch die Schwester hat darin genascht und schließlich hörten wir es auch aus der Küche lachen. Bitte, senden Sie uns auch die andern und schreiben Sie wieder; wir freuen uns fast ebensosehr darauf wie auf die Entlassung!

Im Voraus den herzlichsten Dank.
Im Namen des Zimmers No. 9:

Fritz Sommerhalder.

Dieser Brief war wohl für mich das Hauptmotiv, die «schwankenden Gestalten» eines Krach und Perkeo wieder aus der Versenkung erstehen zu lassen. Nichts kann ja den Schriftsteller mehr anspornen als ehrliche Freude über sein Werk. Zur Abwechslung soll diesmal eine Anekdotensammlung erscheinen. Die Erste, «Der Ring des Japaners», mag wohl für den Anfang etwas fremdartig, um nicht zu sagen kinomäßig, klingen, aber nur, bis man sie — gelesen hat. Dabei soll auch der alte Narr von St. Urban zu Ehren kommen, denn es wäre wahrhaftig schade, wenn seine Weisheitssprüche verloren gegangen wären. Hat er doch einmal selber gesagt: «Wenn mein Vater zwanzig Schwänze im Stall gehabt hätte, wäre ich Großrat, und wenn nicht schon andere vorgesehen wären, käme ich in die Regierung.» Mag dieses Büchlein für recht viele ein Sonnenstrahl sein.

Franz Heinrich Achermann

## Der Ring des Japaners

Auf dem höchsten Kamme der Reither Spitze bewegt sich eine Kolonne von vier müden Gestalten dem Gipfel zu: Voran ein stämmig-schlanker Walliser in kecker Jägerjoppe, er allein scheint von den Folgen der Anstrengung unberührt geblieben zu sein; denn er trägt den Bergstock quer aus dem Rücken unter den Armen durch, und mit fröhlichem Anmute schaut er sich öfters nach den andern um. Unter ihm, in einer Entfernung von etwa fünfzig Metern, stapft ein kleiner Kerl in den «kranken» Schneemassen, wie ein Säugling, der den ersten Versuch macht, auf die Bettdecke zu gelangen. Bis auf die Haut durchnässt von föhndurchweichtem Schnee dampft er, wie ein unbedecktes Rennpferd, und sein ohnehin etwas kurzer Atem ist längst in ein unverblümtes Stöhnen übergegangen; trostlos hängt von seinem grünen Hute die Spielhahnfeder herab, die am Morgen früh noch auf «haarus» gerichtet war. Unmittelbar hinter ihm «grinst» ein athletisch gebauter Mensch über die verzweifelten Versuche seines «Vorfahren,» aber auch ihm hängen die Schweißlocken in die Stirne, seine Wangen glühen, wie in tiefer Scham, und seine Bewegungen scheinen oft darzutun, dass ihm das nasse Hemd wirklich näher liegt als der Rock. Wieder etwa zwanzig Meter hinter diesem kommt noch einer — nein, dort steht er wie gottergeben still, die Hand an die Brust gepresst, als könne er nicht begreifen, dass die Menschen wirklich so sackdumm sein können, wie die drei da vorne, welche bei diesem Föhnnebel noch auf die Spitze wollen, um höchstens zu beraten, wann sie wieder herunter wollen. Er scheint überhaupt nicht für die Wildnis geschaffen, der schöne, blasse Student mit den fast fieberglühenden

Augen; er denkt an einen Salon, wo ein Bechsteinflügel steht, schlanke Mädchenhände fliegen über die Tasten hin, wie um einige Gänge der aufgeschlagenen Kreuzersonate auf ihre technische Schwierigkeit zu prüfen. Tasso — denn dieser ist es — hat im Geiste seine Geige im Anschlag und starrt wie weltverloren auf den Früchtekranz von Rubens, dort an der Wand. Nun blickt das Mädchen zu ihm auf, und da ertönt ... ein Schrei! Jäh schreckt er von den Träumereien auf! Der Kleine dort vorne hat einen Fehltritt getan, aber nicht er ist's, der den Schrei ausgestoßen hat, sondern der Dicke! Dort reitet der Ausgerutschte mit einer Schneemasse zu Tale, langsam — langsam — der Kante des überhängenden Felsens zu!

«Perkeo! — Nur das nicht!», hat der Athletische gerufen, will ihm in Todeshast nachsteigen, glitscht auf dem glatten Boden aus, und rutscht — nein, fliegt ebenfalls auf die fahrende Masse . . . Noch fünf Meter zwischen Leben und Tod. Der sausende Schirokko (Föhn) hält in diesem Moment seinen heißen Atem an, als wolle er horchen. Die zwei andern aber sind wie zu Eis erstarrt; ihre Glieder scheinen von lähmender Angst gebannt zu sein; denn jetzt — jetzt naht die Rutschlawine dem Abgrunde; schon fallen einige Flocken und Geröllstücke ins Lautlose, – Allmächtiger! Sei ihnen ... da stockt die Masse!

Nein! Sie kommt wieder in Bew..., doch, da hält sie, an der äußersten Kante! Ein Aufatmen geht durch die wilde Natur, der Föhn stürmt wieder, aber noch hängen dort die zwei!

«Still sein, Krach, ganz still!», ruft der Walliser von oben. «Nicht rühren! Ich komme!»

Und schon stemmt sich der kühne Jäger aus dem Rhonetale an seinem Eispickel nieder. Unmittelbar über der halbschwebenden Masse machte er Halt, fasst festen Fuß und rammt seinen Pickel

ein; während er sich mit der einen Hand daran festhält, löst er mit der andern seine soliden Wadenbinden auf, knüpft sie zusammen und wirft ein Ende nach unten.
Behutsam, ohne Ruck! Langsam! Wenn der Schnee nochmals ins Rutschen kommt, so ist alles ... «So, jetzt nur schnell!»
Krach turnt sich über den anliegenden Walliser zum Grat hinauf und bleibt dort in tiefer Kniebeuge sitzen wie ein Frosch nach einem Ungewitter. Fast verständnislos, als wäre er eben von einem bösen Traum erwacht, schaut er dem verwegenen Fritjof zu. Diesem droht noch der verhängnisvollste Teil der Aufgabe: Denn dort ragt nur noch ein Bein aus der Schneewolke. Mit entschlossener Hast schlingt er die zusammengeknüpften Wadenbinden um den Fuß des eingerammten Eispickels und lässt sich behutsam, mit möglichst geringer Belastung, daran niedergleiten, aber das improvisierte Rettungsseil ist zu kurz und an jeder Sekunde hängt ein Menschenleben! Wie in momentaner Verlegenheit wischt er sich den Schweiß aus der Stirne und tritt dann frei auf die Schneemasse. Breitspurig steht er dort, fasst das Bein. Ein Ruck — der Körper des Verunglückten liegt frei und — Herrgott, die Masse rutscht wieder! Er fasst seine Hand, ein Sprung — er glitscht aus, fällt auf Knie und Stirne ... erfasst mit der Linken das Ende der Binde — und mit einem lautlosen Windzuge fährt die Schneemasse in die Tiefe.
Zum Glücke ist der Gerettete nicht ohnmächtig. Wie ein Affe auf der Flucht vor einem Tiger turnt er sich ebenfalls über den glatt anliegenden Fritjof und erreicht den Grat. Der Walliser aber bleibt noch einen Augenblick in Stellung, um von der übermenschlichen Anstrengung zu verschnaufen und steigt dann ebenfalls empor.
Wortlos, mit gesenktem Blick reichen ihm die zwei die Hände.
«Kerle! Macht ihr mir Geschichten!», sagt er nur und steigt ihnen voran auf den nahen Gipfel.

Aber keine Aussicht lohnt die Bergsteiger; ein wahrer Niagara von Nebel strömt auf sie ein.

«So, da wären wir!», sagt Fritjof.

«Ja, da wären wir!», seufzt der schlanke Musiker.

«Nein, da sind wir, ohne Konjunktiv», gröhlt der Dicke mit neuerwachtem Galgenhumor. «Fritjof, schließe die Fenster, sonst holt der Wind wieder einen!», sagte er mit einem Seitenblick auf Perkeo. Da tritt aber der Kleine hart an den Dicken heran:

«Krach, welche Lokomotive hat denn vorhin so erbärmlich gepfiffen, ehe sie abfuhr?»

«Das war die Lokomotive mit dem Rettungspflug, Perk! Tu mir ein bisschen bescheiden!»

«Krach! Hör mal! Ich muss dich etwas fragen, aber nur unter vier Augen, um deinetwillen: Ich glitsche aus und komme mit einer Schneemasse ins Rutschen. Da kommt so ein erblich belasteter Hammel daher und setzt sich auch noch drauf. Du verstehst doch das Gleichnis. Das nennst du — wie doch? — Rettungszug?!»

«Perk! Ist das Freundschaft? Bin ich dir nicht ehrlich nachgesprungen?»

«Gerade das behaupte ich ja! Nachgesprungen mit dem ganzen Trägheitsmoment deines Gewichtes, um die Resultate der Gravitation auf der schiefen Ebene zu verstärken! Aber der alte Narr von St. Urban hat einmal gesagt, dass viele Leute erst mit den Jahren alt werden!»

Ja, so waren sie, die zwei: Unzertrennlich im Leben und im Tode, immer hinter einander, zu allen tollen Streichen aufgelegt, am Tage wie in dunkler Nacht, und doch brave Kerle von der Spielhahnfeder bis zu den Socken: Krach und Perkeo, die flottesten Studenten der Alma Mater Oenipontana!

«Ein unvergleichliches Panorama!», knurrt halb ärgerlich der Musiker Tasso.

«Aber es war doch ein so herrlicher Morgen!», ergänzt Perkeo.

«Ein Föhnmorgen!», erklärt der gebirgskundige Fritjof. «Fräulein Schirokko ist eine falsche Italienerin, welche den Touristen mit rosigen Lippen und blinzelnden Augen bezaubert, während sie ihm die Taschen leert!»

«Wie der alte Narr von St. Urban gesagt hat!», kichert der Kleine.

«Was hat er gesagt?»

Er hat gesagt: «Wenn das Weib einen versohlt, so ist es immer ehrlich gemeint!»

«Pah!», macht der Dicke. «Die Hauptsache ist, dass Perkeo und ich noch nicht die ewigen Jagdgründe betreten haben! Ein Luzerner Backfisch der höheren Töchterschule hat einmal das Panorama vom Stanser Horn mit den klassischen Worten geschildert: „Wenn man auf dem Gipfel steht, so sieht man ringsum!" Das haben wir ja! Seht mal her: Hier habe ich die Karte und hier den Kompaß: Dort unten muss Innsbruck liegen, dort die mehrere Fuß hohe Martinswand, etwas nördlich davon Amsterdam, im Süden die Straße von Messina, mit den berühmten Meilensteinen . . . »

«Warten wir noch ein wenig! Vielleicht wird uns der Wind die Nebelballen fortwälzen!», rät Fritjof.

«Gut! Aber unterdessen wollen wir die kostbare Zeit nicht verloren gehen lassen!»

Damit setzt er sich nieder und richtet seinen Kochapparat.

«Was willst Du denn brauen?»

«Einen Kaffee nach dem Rezept vom Christian Schieby, mit einer Einlage von Kraftwasser Marke „Schratter & Leichleu"!»

«Das ist das Vernünftigste! Futtern wir!», meint auch Fritjof.

«Heh, Perk, an die Arbeit!», ruft Krach.

«Was denn?»
„Nähe mir dort die Hosenträger wieder zusammen!"
„Blas mir das Alphorn noch einmal!«
«Was? Insubordination? Was sagt denn der Narr von St. Urban zu diesem Kapitel?"
«Er sagt: Wenn die Kinder ihren Eltern nicht gehorchen, so soll man sie auspeitschen ... nämlich die Eltern!»
«Millionenbomben! Da hat jedenfalls dein Herr Papa noch etliche Prügel gut!»
«Der deinige ist wohl sonst bestraft genug!»
«Ja, weil sein verlorener Sohn in schlechte Gesellschaft geraten ist! Weißt du, in welcher Kameradschaft er sich zuletzt befand?»
«Wohl bei seinesgleichen! Sage mir, mit wem du umgehst, und ich will dir sagen, wer du bist. »
Pause! Denn die Volksküche hat eingesetzt, und immer noch umwirbeln die Nebelmassen das Haupt der Reither Spitze: aber es ist wenigstens lauwarm, ein Umstand, der einer behaglichen Fröhlichkeit Vorschub leistet.
«Perk!», fängt der Dicke wieder an.
«Bitte?»
«Welchen Eindruck hast du gestern Abend mitgenommen?»
«Ah, von der Familie Fischer von Zernen? Hm, hm. Wohl so'n bisschen Parvenü! Der Alte scheint irgendwo so was wie eine Million ergaunert zu haben, sonst aber eine ehrliche Haut zu sein!»
«Perk! Schäme dich! Über Gastgeber spricht man nicht so!»
«Über Gastgeber? Hört sich das einer an! Sie können es sich zur Ehre rechnen, dass wir ihnen die Ehre gaben — Übrigens war ich sofort auf dem Laufenden, dass sie uns nach echter Art nur ihre Herrlichkeiten entfalten wollten! Hast du ihn gesehen, den blasierten Künstler, den sie bestellt hatten? Hihihiiiiih! Machte der eine

Fassade, als unser Tasso nach ihm spielte — Und wie der blöde Backfisch, der eingebildete Hornaff in verzückter Anbetung zu ihm aufschaute. Der Narr von St. Urban würde gesagt haben...»

«Perk! Noch ein Wort über Fräulein Lidwina, und ich werfe dich meuchlings über diesen Hoger¹ hinunter! Du bist es nicht wert, ihr die Schuhriemen aufzulösen!»

«Richtig! Denn sie trug Schnallenschuhe mit Propellern! Ah, nun geht mir ein Irrlicht auf: Du hast ihr ja faustdick die Kur geschnitten! Du scheinst übrigens nicht übel abgeschnitten zu haben, Krach!»

«Gelt? Woraus schließest du das?»

«Weil sie ihren Pudel verabschiedete! Du scheinst ihn voll und ganz vertreten zu haben!»

«Perk! Wenn du nicht ohnehin noch so grün wärst, so würdest du's vor Neid! Weißt du, was sie von dir gesagt hat?» – «Die ... Von mir?... Glaubst du etwa, ich schreibe die Melodie auf, wenn eine Gans schnattert? Der alte Narr von St. Ar- ban hat...»

«Sie hat mich nämlich gefragt, ob du auch noch Kaninchen habest ...»

«Jedenfalls bin ich für Meerschweinchen nicht eingerichtet! Sage ihr das!»

«Und es wundere sie, dass du nicht schwerer geworden seiest, trotzdem Du doch so dick tust...»

«Das hat sie gesagt? Wenn ich sie das nächste Mal treffe, werde ich sie fragen, woher sie ihre Taille beziehe und welcher Kurpfuscher ihre Höcker zusammengedengelt habe!»

«Perk! Fräulein Lidwina hat einen stolzen, tadellosen Wuchs!»

---

¹ Luzerner Dialekt für Hügel oder Berg

«Das weißt du doch gar nicht! Und hast du nicht gesehen, dass sie nicht dekolletiert war, wie sonst andere Exemplare dieser Gesellschaft?»

«Das rechne ich ihr hoch genug an, dass sie diese ekelhafte Mode nicht mitmacht! Sie ist eben ein fein erzogenes Mädchen!»

«Das einen Kropf zu verbergen hat! Wildeggwasser kann da nicht mehr helfen! Da muss schon der Doktor Kocher mit Dynamit arbeiten!»

«Es wurmt dich[2], gelt, dass du ihr Wind[3] warst!»

«Soll ich einen Reim drauf machen, Krach? Der alte Narr von St. Urban hat einmal gesagt: Wenn die Weiber dich ignorieren, so ist das ein Segen Gottes! Übrigens, Krach, weißt du auch noch, was du dem Alten vorgeprahlt hast, als die „Millionärinnen des Haufes" verschwunden waren?»

«Ich? Was denn?», fragt Krach nun doch etwas unsicher.

«Du hast geprahlt, allerdings mit etwas langgezogenem Akzent, dass Tasso im Geigenspiel dein Schüler sei ... hihihi!»

«Tasso, ist das wahr?»

«Glaube selbst, dass du so etwas Ähnliches bewiesen hast!», entgegnet dieser mit feinem Lächeln. «Tröste dich! Ich habe auch gelogen und ja gesagt!»

«Deixel[4]!»

«Ja, Krach!», fährt der Kleine hartnäckig fort. «Und du weißt wohl nicht mehr, dass du ihm für das nächste Mal eine Paganini-Sonate verheißen hast?»

«Sternenmillionenbomben! Perk! Nun ist's aber doch gelogen, gelt, Tasso?»

---

[2]   Macht dir zu schaffen
[3]   egal
[4]   dt.: Teufel

«Gewiss — hast du gelogen; denn das wirst du doch nicht fertig bringen!»

Aber ... aber ... gesagt hab' ich das? Wirklich und wahrhaftig?»

«Auf mein Ehrenwort!»

«Höllenschwefel und Knochenfraß! Da werde ich mir heute schon einen Finger verstauchen müssen!»

«Überflüssig!», grinst Perkeo! «Es hat's ja doch niemand geglaubt! Deinen Brustflossen sieht man es doch an, dass Paganini sich wohl nie um deine Vaterschaft beworben hat. Du musst deine würdigen Ahnen schon noch etwas weiter südlich suchen! Das sieht doch jeder Klauenputzer auf den ersten Blick! Fritjof, was macht das Wetter?»

Der stämmige Walliser schnuppert verständnisinnig in der Luft herum:

«Wenn der Schirokko Nebel bringt, sind Sonnenblicke nicht selten, aber unberechenbar. Wir steigen zu Tale, aber diesmal auf dem normalen Touristenwege! Ihr wisst, warum!»

Es erfolgt keine Antwort; denn Tasso war heute sehr schweigsam, und die andern zwei wussten eben «warum». Fritjof nimmt seinen Rucksack auf und steigt voran; ihm folgt der Geigenkünstler und in einiger Entfernung auch die zwei.

«Perk», meint Krach nach einiger Zeit, «Wir müssen doch an Lidwina Fischer von Zernen einen Kartengruß senden. Hast du etwas dagegen?»

«Ich? Nicht die Idee! Ich glaubte, eher du würdest dir die Sache überlegen!»

«Ich! Warum?»

«Was sagt deine einzige Julia im «Schwarzen Kater» dazu, dass du das Ding dort so anstöhnst?»

«Pah! „Der Himmel ist hoch und der Zar ist weit!", sagt der Russe. Wir schreiben ihr eben auch eine.»

«Natürlich mit dem abgedroschenen Schluss von ewiger Liebe und Treue!»

«Perk! Nur nicht so dick! Im lieblichen Seetal drunten glaubt auch eine, dass hier in Innsbruck ein gewisser Leutnant der Schweizerischen Armee noch nie in Deckung vorgegangen sei! Weißt du noch, Perk, wie ich beim letzten Besuche habe lügen müssen!»

«Das vergesse ich dir nie, Krach, trotzdem es dir keine starken Beschwerden zu verursachen schien! Dafür werde ich morgen bei der Julia wieder im Taglohn schwindeln müssen, um einen gewissen Mohren reinzuwaschen! Aber pass auf, Krach! Der alte St. Arber Narr hat recht, wenn er sagt: Die Eifersüchtige sieht auch mit den Hühneraugen!»

So geht's weiter. Noch sind die vier Kraxler nicht im Dörfchen angelangt, da klärt sich der Himmel auf in jauchzender Herrlichkeit. Tirols wunderbare Alpenwelt tritt unter dem Föhnleuchten so nahe, so greifbar heran, dass die vier in impulsiver Begeisterung auf einen Vorsprung treten und singen:

> „Wann's kan Schnee mehr aber schneibt,
> Und der Kerschbaum Blätter treibt,
> Wann's die Bienen umersumbt.
> Und die Schwalben wiederkumbt.
> Wann das Täuble g'schamig kirt
> Und der Tauber Herzweh g'spürt.
> Gell, das ist die schöne Zeit,
> Die a uns zwa gar so g'freut.
> Diandla, hörst denn Du Dein Buam
>       sein Standerl nit…"

In wundervoller Harmonie strömt das herrliche Koschatlied über die Almen hin, wie jubelnder Frühlingswind, und die Alpenrosen öffnen horchend ihre Kelche, als wollten sie Seligkeit trinken, und das Echo schlägt von Wand zu Wand, steigt zu Tale und rüttelt an den sonnenbeschienenen Fensterläden und siehe: Dort geht ein Fenster auf — zwei enzianblaue Himmelssterne leuchten zu den vier Schweizer Buabeln nauf und — verschwinden hinter dem Vorhang, aber — das Fenster bleibt offen! Die vier singen weiter:

*„Beim Tannenbaum steht a Kappellen,
Da geh' nur hiaz hin ganz allan.
Durt woll' mir vur Gott uns derzählen,
Wia guat und wia treu mir uns san."*

Wohl mochten jetzt die „zwa Sterndeln» glitzern; denn wenn Tasso seine wundervolle Stimme ins Lyrische spielen ließ, so griff es wohl auch einem Stärkeren ans Herz als einem weichherzigen Tirolerkinde. Leise zittert dort der Vorhang!   Doch nein! Unsere ganze Theorie ist falsch! So sentimental sind die richtigen Tirolerinnen nicht: Fröhlich fliegen die Fensterflügel auf, und ein Jauchzer schmettert herauf, ein Jauchzer, der mitreißt; denn auch die vier Sänger brechen mit einem Explosionsjauchzer ab.

Das Fenster aber, wo der wundervolle Jauchzer herkam — so wie von einem 14-jährigen Knaben, der Alt singt — gehört einem kleinen Kurhause. Selbstverständlich wird dort vor Anker gegangen. Die schöne Nudel klatscht die Hände vor Freude, dass die vier wieder da sind, denn sie waren auch von hier aus nach der Reither Spitze aufgebrochen.

«Im Nebel rum gfahr'n seids. Und bei so viel Schnee! Recht wars, wann's abi- gfallen warn!», wettert die schöne Tirolerin.

«Maul halten!», unterbindet Krach das heikle Thema, «Wir und abifallen! Da kennen Sie die Schweizer schlecht! Geben Sie uns zwei Ansichtskarten von Reith, wo ein anständiges Haus drauf ist — meinetwegen auch Sie! — Nein! Donnerwetter! Sie dürfen nicht drauf sein!»

«I? Warum denn nachher nit?»

«Hm! Wegen den ... Hühneraugen!»

«Garstiger Bua!»

Die Karten rücken an und nun gehts bei einem Glas Kälterer an die Arbeit:

«Der Julia senden wir einen fröhlichen Vers! Was meinst Du, Perk?»

«Bon! Wie teilen wir uns in die Arbeit?»

«Du schreibst und ich diktiere! Ich muss hin- und hergehen, wenn ich dichte! Also:

Von der hohen Reither Spitze ... was reimt sich denn auf Spitze, Perk?»

«Pfütze — Blitze — Feuerspritze!» – «Kohl! Schreib weiter:

... Schwing ich meine grüne Mütze.»

Triumphierend blickt der Dichter auf seinen Schreiber. Der lässt sich nicht ignorieren.

«Weiter!», kommandiert er und verbeißt dabei mit knapper Not ein triumphierendes Grinsen.

«Was hast du?»

«Nichts!»

«Also, weiter: Schicke mit dem wilden Wind — wie schön das klingt: wilden Wind!»

«Weiter!»

«Einen Gruß, dir, holdes Kind!»

«... hol-des — Kind!», buchstabiert der Kleine mit fürchterlichem Ernst. «Gar nicht übel!»

«Noch etwas?»

«Selbstverständlich! Bin im Zuge — Kanzler, schreib:
Lass mich Dich noch einmal schauen!»

«Willst Du ihr durchbrennen?»

«Maul halten! Es muss etwas Neckisches sein und doch fein poetisch, also: Hast du geschrieben?»

«Ja! Nur los!»

«Hm ... ja! Wart einmal, ja, so geht es:
Dir ein letztes Wort vertrauen!»

«... vertrauen! Fertig?»

«Hast du noch Platz?»

«Noch für zwei Verse!»

«Also denn: Und dann will ich fröhlich wandern ... hm, khchemm ... Was reimt sich doch nur auf «wandern?»
Meiner Heimat zu nach . . . nach . . .?»

«Nach Flandern! Selbstverständlich!», ruft der Kleine.

«Nach - - -? Bist du verrückt?»

«Poetische Lizenz! Flandern macht sich sehr gut — Es gibt eben keinen andern Reim!» (Es gibt aber einen, wie sich zeigen wird!)

«Nun, meinetwegen. Jetzt noch die Adresse: Frl. Julia, Zum Schwarzen Kater, Innsbruck!»

«... Schwarzen Kater!», heuchelt der kleine Schalk, unterdessen aber schreibt er: Wohlgeb. Frl. Lidwina Fischer- von Zernen, Leopoldstr., Innsbruck. Krach war es nicht ausgefallen, dass Perkeo mit dem Schreiben übermäßig gezögert hatte. Noch weniger hatte er gemerkt, dass sein kleiner Busenfreund zwischen die einzelnen Verse hinein seine eigenen Eier gelegt hatte. Die zweite Karte, an-

geblich für Frl. Lidwina, wird in Prosa abgefasst und trägt — natürlich ohne Wissen des Dicken, die Adresse der Julia. Also: Nr. 1.
(Die hier eingeklammerten Verse stammen also von Perkeo:)

Wohlgeborene

Frl. Lidwina Fischer von Zernen,
Leopoldstr. 281 c
Innsbruck.

> *Von der hohen Reither Spitze,*
> *(Wo ich froh beim Dirndl sitze)*
> *Schwing ich meine grüne Mütze;*
> *(Und der Perk macht faule Witze).*
> *Schicke mit dem wilden Wind (Erst ein Busserl noch geschwind!)*
> *Einen Gruß dir, holdes Kind!*
> *(Dass Du siehst, wie treu wir sind!)*
> *Lass mich Dich noch einmal schauen, (Später wird' ich dich verhauen)*
> *Dir ein letztes Wort vertrauen!*
> *(Hüte Dich, darauf zu bauen!)*
> *Und dann will ich fröhlich wandern (Selbstverständlich mit der andern!) Meiner Heimat zu, nach Flandern! (Schau, bei mir kannst Du nicht landern!)*

Krach, Perkeo. Reith, den 21. 4. 10.

Nr. 2.
Wohlgeb.
Frl. Julia, z. schwarzen Kater
Innsbruck.

Überwältigt von den wonnigen Gefühlen einer unvergesslichen Erinnerung an den herrlichen Abend im Kreise Ihrer Familie, und eingedenk der unaussprechlichen Stunden, die wohlgeb. Frl. Lidwina, mir persönlich zu widmen die Freundlichkeit hatten, sendet Ihnen von der wildaufstarrenden Reither Spitze den innigsten Gruß aus sehnsucht-beschwingtem Herzen
Ihr zwar unwürdiger, aber bis zum Tode und noch darüber hinaus ergebener Krach.
Reith, den 21. 4. 10.
Perkeo, Tasso, Fritjof schließen sich dem Gruße an.
So wurden also am 21. April die verhängnisvollen, verwechselten Karten abgeschickt.
Das Kurhaus hat eine Veranda mit einem geradezu einzigartigen Panorama. Hier steigen die herrlichsten Vaterlandslieder, quirlen übermütige Jodler und Trutzlieder empor, und über der nebeldichten Tabakswolke thront als unsichtbarer Geist der alte St. Urber Narr und entsendet seine blitzenden Witze. Wahrhaftig!
Wie die vier fröhlichen Schweizer Abschied nehmen, glitzert unter den Wimpern der Tirolerin ein verstohlenes Tautröpfchen.
«Tröste Dich, Resel», sagt Perkeo, sie väterlich bei der Hand nehmend. «Der alte St. Arber Narr hat einmal gesagt ...»
«Was hat denn der Hallodri wieder gesagt?», lacht sie nun fröhlich unter Tränen.
«Er hat gesagt: Auch, wenn die Weiber weinen, lachen sie uns aus!»
«Ein Lump ist er! Ich lache euch aus?»
„Nein, du nicht, Resel, du bist eine unberührte Alpenrose,   da, leb wohl!»
«Schau, schau! Der ... der Hallodri da! Und noch so klein! Kommt's bald wieder?»
«Dürfen wir?»

«Aber gewiß, ös, ös, Schweizer Buabeln!»
«Gehen wir, Krach! Der alte St. Arber Narr hat doch recht gehabt:
Gibst dem Weib den kleinen Finger,
Gibt es Dir die — ganze Hand!»
Huhuhui!!
Auf dem Wege nach Zirl gibt es großen Streit — natürlich zwischen Krach und Perkeo: Jeder will der Resel mehr imponiert haben.
«Weißt, Perk: Deine Intimitäten beim Abschied haben jedenfalls nicht den besten Eindruck hinterlassen!»
«Bin ganz gerührt! Jedenfalls bist du der Geeignetste von allen vieren, mir in solchen Dingen Vorhalte zu machen! Und du hast wohl nicht bemerkt, wie sie mir beim Abschiede noch eine verstohlene Box gab?»
«Da lügst du! Mir hat sie die Hand gereicht, errötend, mit niedergeschlagenen Augen!»
«Krach! Viele Menschen erröten, wenn sie eine Dummheit gemacht haben, und das Niederschlagen der Augen wird wohl deinen zerrissenen Hosen gegolten haben! Apropos, warum gehst du denn so krumm?»

«Und da soll einer nicht krumm gehen, wenn man den Herrschaften die ganze Küchenausstattung nachführen muss!»
«So schwer kann das aber nicht mehr sein -- oder haben wir vielleicht einige Flaschen nicht ausgetrunken?»
«Welch eine Idee! Also, es will mich selber fast dünken, dass ... sehen wir mal nach ... Millionenbomben, was ist das? Deixel! In Seidenpapier eingewickelt — Perk, so eine Gemeinheit!»
Alle drei — nämlich die andern — krümmen sich vor Lachen; denn Krach hat einen kopfgrossen Kiesel ans Licht der Welt gebracht.

Perk nimmt ihn zur Hand und heult von Neuem auf; denn auf der glatten Fläche stehen mit Kreide die Worte gekritzelt:

*Diesen schöne Edelstein*
*Will ich Dir zum Abschied weih'n!*

«Verfl . . . Hexe!», knirscht Krach in seinen Bart hinein. «Und diesen verd... Knollen hab ich jetzt eine Stunde weit getragen! Perk! Wir kehren um und ... »
«Und ... ?»
« ...schneiden ihr die Fingernägel ab, der heimtückischen Eule!»
«Du bist nun überzeugt, dass du bei ihr einen unvergänglichen Eindruck hinterlassen hast, Krach?»
«Werde mich doch um diesen Hornaffen von einer Vogelscheuche kümmern!»
«So ähnlich philosophierte jener Fuchs, dem die Trauben zu hoch hingen! Krach! Diesmal musst du die Waffen strecken! Was hast du zu lachen, Fritjof?»
«Ich bin der Ansicht, dass der Sieg der Rivalen erst dann entschieden ist, wenn du auch deinen Rucksack auf zarte Erinnerungen durchsucht hast!»
«Könntest bei Gott recht haben, alter Wildjäger — auf damit! Teufel! Was ... was ist denn dadaaaas?»
Da springt nun der Dicke in die Höhe, wie ein angeschossener Kater:
«Perk! Eine Mausfalle! Eine richtig gehende Mausfalle! Hihihi — hähähä — hiiiiiiih! Was will sie wohl damit sagen, Perk, was meinst du wohl?»
«Sehen wir mal zuerst, was auf diesem Zettel steht:

*Ich will nur naschen, sprach der Mützer,*
*Fiel herein, der junge Sprützer!*

«Famos! Ausgezeichnet!», gröhlt der dicke Chemiker unter Tränen. «Mützer! Perk, sind das nicht die kleinen Mäuse, von denen es den Katzen drei Tage schlecht wird!»
«Das Rabenvieh mit den unschuldigen Augen! Falsch wie Katzen sind sie, alle ohne Ausnahme!»
«Was sagt der St. Urber zu diesem Fall?»
«Du willst wohl sagen: Zu dieser Falle? Warte mal! Ja, so ist's:

*Jedes Mädchen hält darauf,*
*Dass es dir gefalle.*
*Seine Augen sind der Köder,*
*seine Lippen sind die Falle!*»

«Sehr richtig, Perk! Und ich weiß bereits einen Mützer, der jenem «Köder» zum Opfer gefallen und richtig in die «Falle» geraten ist!»
«Ich glaube, es ist an der Zeit», unterbricht Fritjof, «dass auch wir unsere Rucksäcke nach Andenken untersuchen, Tasso! Hier, Donnerwetter! Eine Flasche Goldwändler! Diesen «Köder» lass ich mir gefallen. Halt! Hier steht etwas auf dem Etikett:

*Du sprichst so wenig und bist gescheiter,*
*Als die da meinen . . . usw.!*»

«Rasse hat sie, die Resel! Das muss man ihr lassen. Ich glaube, sie ist zum mindesten so helle wie jene, «die da meinen!» Famose Wendung! Was hast du, Tasso?»
Dieser wollte soeben ein Sträußchen verstecken.

«Her damit! Hier wird nicht gemogelt!», kommandiert Krach im Feldwebelton, entreißt dem mädchenhaft errötenden Tasso einen «Buschen» Edelweiß und setzt die zerrissenen Stücke eines Zettels, der wohl dazugehörte, wieder zusammen:
«Hurrah!», jubelt Krach. «Sie ist auch geliefert! Lest mal das da, meine Herren! Weg da, Tasso!»
Auf dem Papier aber stehen die fast ergreifenden Worte:

> *Es war Gottes Willen!*
> *Ich weinte im Stillen,*
> *Als einer schied!*
> *- Im Wachen, im Schlummer,*
> *In Freude und Kummer*
> *Hör' ich Dein Lied!*

Das fröhliche Lachen verstummt. Wortlos nehmen die vier ihre Säcke auf und trotten nach Zirl hinunter.
Im «Hirschen» zu Innsbruck wird noch ein Abschiedsbecher genehmigt. Krach und Perkeo haben sich von ihren zarten Gemütsaffektionen längst erholt und schmieden wieder neue Pläne. Da wird es plötzlich einen Moment still an allen Tischen.
Ein Japaner ist eingetreten.
Damals war es immerhin noch ein Ereignis, auf einer europäischen Universität einem Japaner zu begegnen. Dazu kam, dass seit dem russisch-japanischen Kriege, der für Japan so siegreich verlief, ein gewisser Nimbus von Hochkultur die kleinen Helden von Port-Arthur und Wladiwostok umgab. Das war natürlich etwas für die zwei!
«Perk, schau mal», kichert der Dicke. «Hat er nicht ganz genau deine Schlitzaugen, die stumpfe Nase und die krummen Beine? Mach ihm doch Platz!»

Perkeo bietet ihm einen Stuhl an und der Japaner setzt sich mit einer artigen Verbeugung. Er trägt eine große Brille und durch dieselbe blicken zwei große, halbverwunderte Augen so harmlos und ehrlich im Kreise herum, dass es gar nicht auffällt, dass der breite Mund immer halb geöffnet ist.

An seinem Finger aber prangt ein schwerer Goldring mit einem großen, kostbaren Edelstein.

Krach spricht ihn lateinisch an: «Velis permittere praesentari nos duos studiosos Helveticos ...»

«Ehrt ungemein! Mein Name ist Monorobu, stud. chem.», antwortet das angekommene Heidenkind in ziemlich fließendem Deutsch und Krach kann also seine lateinischen Brocken wieder einstecken, was er — unter uns gesagt — sehr gerne tat.

«Ah, freut mich, Herr Kollege in der ehrwürdigen Alchemie», begrüßt ihn der Dicke mit warmem Händedruck. «Auf gute Freundschaft! Sie können noch nicht lange hier sein; denn ich sah Sie noch nicht im Laboratorium.»

«Erst seit drei Tagen. Werde mich erst etwas umsehen, ehe ich mich immatrikulieren lasse!»

«Auf gute Freundschaft denn, Herr Moru- haboru!»

«Monorobu! Hier meine Karte! Der japanische Name scheint Ihrer Zunge etwas schwer zu liegen!»

«Wird sich schon machen, Herr Nohomurobo! Sie werden mir viel über Japan erzählen müssen! Apropos: Sie haben da einen wundervollen Ring. Der Stein wird wohl echt sein?»

«Ein blauer Diamant, wie mir mein Vater sagte. Er will ihn selber auf Formosa von einem Kopfjäger bekommen haben!»

«Kopfjäger?»

«Das sind malayische Stämme, welche ihren Feinden die Köpfe nehmen und um dieser Trophäen willen viel Krieg führen — ganze Stämme sterben daran!»

«Und Ihr Vater war so ein . . .?»

«Mein Vater war ein Bärenjäger!», erklärte der interessante Sohn vom Stillen Ozean mit verhaltenem Stolz.

«Und . . . und . . . Ihre Mutter?»

«Meine Mama war ursprünglich eine Malayin, die Tochter eines kühnen Seeräubers von den Sundainseln, der schließlich als Amokläufer endigte. Von ihm soll das Gold zu diesem Ring stammen. Gefällt er Ihnen?»

«Außerordentlich? Aber jedenfalls wird er Ihnen nicht feil sein?»

«Hm, warum nicht? Wenn er Ihnen Freude macht, so tragen Sie ihn einige Tage. Ich treffe Sie ja im Labor wieder, und man hat mir gesagt, dass die Schweizer die ehrlichsten Leute von der Welt seien!»

Damit zieht der Halbmalaye den herrlichen Ring vom Finger und reicht ihn seinem neuen Kollegen hin. Krach getraut sich fast kaum, das herrliche Juwel zu berühren. Schließlich steckt er ihn an den kleinen Finger und hält ihn weit von sich: Wie er gleist und funkelt - wie ein Tautropfen in der Morgensonne!

«Wie viel ist er wohl wert?», fragt er wie geistesabwesend.

«Habe keine Ahnung! Zweifelte bisher noch an seiner Echtheit!»

«Haben Sie ihn nie von einem Fachmann prüfen lassen?»

«Wozu? Das macht ihn doch nicht wertvoller! Deshalb glänzt er mir gleich schön!

Übrigens», jetzt lächelt er stolz, «übrigens verstehe ich mich selbst ein bisschen auf solche Dinge und halte ihn für unecht. Höchstens das Gold kann echt sein!»

«Fabelhaft, wie ein unechter Stein ... ich glaube es immer noch nicht ... so glitzern und strahlen kann! Nun, in diesem Falle ist ja das

Risiko nicht so bedeutend, wenn ich ihn einige Tage behalte. Aber apropos: Was ist ein Amokläufer?»

«Das Amuk- oder Amoklaufen ist eine der malayischen Rasse eigentümliche Form der Tobsucht (Mania transitoria), wobei der Befallene in blinder Raserei jeden Erreichbaren niedermetzelt, bis er selbst überwältigt und erwürgt oder mit Steinen und Knütteln totgeschlagen wird. Häufig bildet auch Selbstmord das Ende dieses Anfalles, der Stunden bis Tage dauern kann!»

«Merkwürdig!»

Der «Ring aus Formosa» wird immer geheimnisvoller und interessanter!

«Übrigens», fährt der Japaner fort, «ist jeder Mensch ein Amokläufer ... auch der Europäer!»

«Da muss ich denn doch sehr prot... »

Mehr bringt Krach nicht heraus, und dies nur mit vor Staunen hängender Lippe. Endlich fasst er sich:

« Auch der Eu...? Perk! Mach mir nur mal solche Dummheiten!»

«Erst vorhin habe ich in der «Frankfurter Zeitung» gelesen», doziert der kleine Sohn des stillen Ozeans weiter, «dass vor wenigen Tagen im Schwarzwald ein sonst rechtschaffener Mann in einem Wutanfalle seine Frau und fünf Kinder umgebracht habe. Diese Veranlagung kann durch die Tropensonne oder durch den Alkohol geweckt und gesteigert werden!»

«Teufel! Die Geschichte wird ernst! Perk, wir müssen uns einschränken, d. h. wenigstens du! Deine zarte Konstitution ...»

«Krach! Wenn ich das Examen als Amokläufer bestanden habe, werde ich der Welt einen großen Dienst und den Wirten einen ungeheuren Schaden zufügen!»

«Du? Wie denn?»

«Indem ich zuerst dich ansegle! Deinen Kopf werde ich als Siegestrophäe mit nach Hause nehmen und am Dachkennel meines Laufes als Wasserspeier benutzen!»

So unterhält und neckt man sich, bis endlich die Ermüdung infolge der Bergtour und die vorgerückte Zeit unsere zwei Hauptpersonen veranlassen, möglichst umständlich aufzubrechen, um unter allen Umständen noch vor 12 Uhr — eine offene Kneipe zu finden.

Auf dem wirklichen Heimweg spinnt sich zwischen den beiden folgender Dialog ab:

Perkeo: «Du, Krach! Wir müssen hier durch! Das dort ist eine Straßenlaterne!»

Krach: «Deixel! Könntest recht haben! Du . . . bist ein . . . ganz heller Kopf — hie und da!»

Perkeo: «Weil ich eben „hie und da" für zwei hell sein muss — halt! Das ist keine Ruhebank! Das ist das Trottoir!»

Krach: «Das Trott... ott . . . meinetwegen! Setz dich her, Perk! Es ist . . . hier noch . . . noch Platz genug! Ich muss . . . mit . . . dir . . . rrrreden!»

Perkeo: «Na denn los! Wir haben ja Zeit!»

Krach: «Zeit ist . . . Geld, Perk!

Bomben! . . . Wenn der Kerl recht hätte . . . da hätte ich . . . Geld! Zeit Hab ich! . . . . Weißt . . . wwweißt, Perk, ... wir sind Freunde! Nnnnnnicht . . . wwwahr . . . . hjiupp. . . Perk! . . . Gib mir die Hand, Perk. . . Weißt du musst... ei ... ein wenig auf erfahrene . . . Mä . . . mä . . . nner hören! . . . Weißt, Perk! Schlecht . . . schlecht bist du nicht, aber . . . leichtsinnig!»

Perkeo: «Ich weiß es, leider! Deshalb kann ich dir nicht genug danken für das hinreißende Beispiel, das du mir in so heroischer Weise vor Augen hältst!»

Krach: «Aus Liebe! Weißt . . . so zwei ... wie wwwwir zwei . . . Perk! Was...
was kommt denn dort? Pulver und Dynamit! Das ... da ... ist ja ...!»
Perkeo: «Ein königlich-kaiserlicher Polizist! Los, Krach! Ich verlasse mich nun auf dein Beispiel!»
Krach: «Nur Rrruhe! ... und Besonnenheit, Perk! Wwwill mal . . . dededen Kanarienvogel anpfeifen! . . . Heh! Sie dort, Fräulein! Wwwer sind Sie denn?»
Polizist: «Na, sehen Sie das nicht an meiner Uniform?»
Krach: «Ah . . . richtig! . . . Sie sind ein . . . Amok . . . mok . . . wie heißt das Zeug, Perk?»
Perkeo: «Amokläufer!»
Krach: «Rrrrichtig . . . ein . . . Amokläufer! Und das andere, Perk? . . . Wie heißt nur das andere:
Perkeo: «Kopfjäger!»
Krach: «Rrrrichtig, ein Zopfjäger!»
Polizist: «Wollen die Herren mich insultieren?»
Krach: «Keine Idee! Nur keine Angst . . . Nur . . . keine ... Au . . . aufre- gung! Wissen Sie . . . wissen Sie . . . noch irgendwo Licht?»
Polizist: «Ausgeschlossen! Jetzt heißt es endlich heimgeh'n!»
Krach: „Ja. . . ja . . . heimgeh'n! Das . . . dadadas ist aber ein . . . schwieriger Fall! Der nördliche Teil ... der ... de deder südlichen Hemisphäre ... es ist eben in der Nacht verkehrt! . . . Sie versteh'n doch Astronomie, Herr Mondrat?»
Polizist: «Gewiss! Ich weiß z. B. ganz genau, dass der Mond bald in den Schatten kommen wird, trotzdem er voll ist!»
Krach: «Also . . . eine Mondfinsternis!»
Polizist: «Ja, und zwar eine totale!»
Krach: «Heh, Perk! . . . Was sagt der . . . Narr von St. Urban zu diesem Falle?»

Perkeo: «Der alte St. Urber würde sagen: Die Polizei soll abgeschafft werden; denn sie fängt ja doch nichts Rechtes! Gehen wir, Krach, ehe wir gegangen werden!»

Krach: «Na denn also: Auf Wiedersehn bei der nächsten Finsternis, Herr Sternwart!»

Polizist: «Auf Wiedersehn beim ersten Viertel!» (N. B.: «Viertel» ist ein österreich. Trinkmaß, etwa unser «Schoppen»).

Krach: «Komm, Perk! Der hat den Beruf ... verfehlt; denn er scheint ... nicht ohne Intelligenz zu sein! Weißt, Perk: So zwei, wie wir zwei ...!!»

Wie Krach am folgenden Tage erwacht — es ist der letzte Tag der Osterferien — harrt seiner eine unerklärliche Überraschung: An seinem Finger prangt ein Ring mit einem blauen Diamanten. Halb aufgerichtet kratzt er sich am Hinterkopf:

«Bei allen Schwefelquellen und Mineralwassern! Was ist denn das wieder? Sollte ich mich gestern zur Abwechslung wieder einmal verl... Deixel, nur das nicht!»

Da schnarrt die alte Schwarzwälderin an der Wand fünf Schläge herunter.

«Was? Erst ...?»

Nein! Der Gewichtstein ist auf dem Boden aufgestoßen — die Uhr zeigt auf zehn! Er geht hin und zieht sie auf, und da er nun doch schon draußen ist, kleidet er sich an und taucht dann seinen Kopf ins Waschbecken, als ob er dort nach Perlen fischen wollte. Während er vor dem Spiegel, der seit gestern Abend einen Sprung hat, seinen Schnurrbart auf «siegesgewiß» dressiert, tauchen aus dem Nebel der Erinnerung die Gestalten des Abends wieder auf: Japaner — Kopfjäger — Amokläufer — Polizei — und zuletzt mit Schellen und Zepter der alte Narr von St. Urban.

Im Studierzimmer ist der Morgenkaffee aufgetragen. Die besorgte Philisterin muss also gehört haben, dass der «Herr» zu sprechen ist. Neben der Karaffe liegen zwei Briefe. Beide tragen den Stempel von Innsbruck und das Datum von heute. Gähnend greift er nach dem einen, dreht ihn nach allen Seilen, hält ihn gegen das Licht, gähnt wieder und öffnet ihn mit dem Buttermesser. Kaum hat er die ersten Zeilen gelesen, so legt er ihn wieder ab und reibt sich die Augen aus; denn er glaubt noch zu träumen. So was! Herrgottfriedstutz! Das kann doch nicht stimmen! Völlig wach und klar liest er weiter:

«. . . auch abgesehen davon, dass ich mich in den nächsten Tagen zu verloben gedenke — und dies mit einem sehr anständigen Herrn — würden Sie wohl kaum je in die Lage kommen. Immerhin ist mir auch dieser Umstand unter anderem ein deutlicher Hinweis, dass ich mich in den Qualitäten Ihrer Gemütsanlage nicht getäuscht habe. Sie dürfen meine Versicherung als eidliche Aussage betrachten, dass ich mich auch in meinen kühnsten Fantasien nie zu dem Wunsche verstieg, jemals in meinem Leben bei Ihnen zu «ländern!»
NB. Beiliegend finden Sie eine Broschüre von Dr. Schönbold: «Zur Vervollständigung des guten Tones.»

*«- - Und nun magst Du fröhlich wandern.*
*Selbstverständlich mit der andern!»*

Innsbruck, Datum des Poststempels.
Lidwina Fischer-von Zernen.»

Krach setzt sich nieder, stützt seine Wangen in beide Fäuste und sinnt — sucht sich im Geiste alles zusammen, was er dem Fräulein

geschrieben hat, aber . . . plötzlich fährt seine Riesenfaust auf den Tisch, dass sämtliches Geschirr aufkreischt!
«Sternemmillionen-Donnerwetter! Mein Hirnkasten soll explodieren, wie eine überhitzte Retorte, wenn ich aus diesem Absud einer überschnappten Weiberphantasie einen vernünftigen Gedanken herauskristallisieren kann! Ferdinand will ich heißen, wenn der Mensch nicht verrückt ist! Wer zum T . . . spricht denn nur von «Ländern» . . . Ländern! . . . mit der andern! Zum Verrücktwerden! Ich gehe sofort zu ihr! Nein! Erst muss ich mich ein wenig beruhigen und ablenken - - lesen wir den andern - - ah! Julias Schrift!
Das liebe Kind! Habe es wirklich notwendig, ein bisschen Balsam für meine durchwühlte Seele! Her damit: «Sehr geehrter Herr!» Ist denn ... die ... die ... auch verrückt geworden??»
Aus dem Umschläge fallen die Ansichtskarte von Reith und ein blauweißes Brieflein folgenden Inhalts:

Sehr geehrter Herr!

Da hier offenbar eine Verwechslung der Adressen stattgefunden hat – jedenfalls auch nicht morgens 5 Uhr! – so werden Sie mir verzeihen, dass ich mich wider meinen Willen in Ihre «Gefühle einer unvergesslichen Erinnerung» eingedrängt habe. Weit entfernt, Ihnen die «unaussprechlichen Stunden,» die jene Lidwina Ihnen «persönlich zu widmen die Freundlichkeit hatte» trüben zu wollen, wünsche ich vielmehr von ganzem Herzen, dass Sie ihr «bis zum Tode und noch darüber hinaus» treu ergeben sein mögen, wie schon mancher andern! Seien Sie übrigens vollkommen überzeugt, dass die Sache nicht so sehr mein Gemüt belasten wird, dass ich mir etwa ein Leid antun könnte; bin ich doch auch nicht ins Wasser gegangen, als mein letzter Kanarienvogel hin war! Zudem habe ich Sie ja nie so ernst genomen, dass Sie in meinen Zukunftsplänen irgendeine Rolle hätten spielen können, ohne befürchten zu müssen, einen trostlosen Blick zu erhalten von Ihrer «bis zum Tode und noch darüber hinaus ergebenen»

Julia

NB. Den «Kox», den Sie das letzte Mal hier gelassen haben, können Sie jederzeit abholen; ich habe ihn gebürstet. Das zerbrochene Bierglas schenke ich Ihnen — zum Andenken an Ihre Treue ... Obige.»

«Himmel-Sternen-Millionen-Donnerwetter!« Donnernd fährt die Riesenfaust Krachs zum zweitenmal auf die Tischecke, dass die Porzellantassen im Wandschranke vor Schrecken aufkreischen. «Bei allen Läusen des Belzebub! Gift kann sie spritzen, die feingeschniegelte Kröte! Da sind wir Chemiker die reinsten Milchpantscher dagegen. Herrgott! So etwas. Nun wirds wohl vorbei sein, und ich kann ... wieder von vorne anfangen! Perk!

Das ist dein Werk! Nun ist's aber genug. Der Teufel soll mich reiten, wenn ich ihn nicht heute noch ... ah! Auf den Kinderfriedhof mit ihm!»

Mit wütenden Schritten stürmt er ins Nebenzimmer und entnimmt dem Kleiderschrank ein dreieckiges Ledertäschchen. Dieses verbirgt er mit düsterem Blicke unter dem Rocke und poltert über die Stiege hinab, ohne das Frühstück eines Blickes zu würdigen. Nach zehn Minuten klopft er bei Fritjof an:

«Moin Krach!»

«Servus!»

«Was hats gegeben? Du siehst ja aus wie ein halberwürgter Kater!»

«Mach nur schlechte Witze! Meinetwegen! Kurz und gut! Ich bin gekommen, um dich um einen Freundschaftsdienst zu bitten!»

«Nun also . . .!»

«Du bist Leutnant der schweizerischen Armee, nicht wahr?»

«Zu Diensten!»

«Nun also: Hast du deinen Ordonnanzrevolver bei dir?»

«Ja, aber ...?»

«Her damit!»

«Ich habe in unserm Hause Ratten bemerkt und möchte heute auf die Jagd! Habe fast die ganze Nacht nicht geschlafen!»

«Wegen der Ratten?»

„Ja zum . . .! So schaff doch mal die verdammte Klystierspritze herbei, oder – ah. Dort hängt er ja, der Lötkolben! Her damit!"

Und schon hat Krach die Waffe verschwinden lassen. Da legt sich Fritjofs Hand auf seinen Arm:

«Krach! Du bist alt genug! Ich will dir keinen Zuspruch halten! Aber bedenke: Nur ein kleiner Fingerdruck, und ...»

«Dann geht er los!»

«Ja, Krach! Und dann??»

«Dann gibt es einen Krach und irgendwo ein Loch!»

«Ja, aber den Schuss kann man nicht mehr zurücknehmen!»

«Aber einen neuen laden, wenn der erste krumm ging!»

„Krach! Ich bitte dich trotz deines Spottes, um unserer alten Freundschaft willen: Mach keine Dummheiten!»

«Nein! Das nicht! Aber Todesangst soll er ausstehen, der freche Köter!»

«Wer?»

«Eben der!»

Und fort war er mit knirschenden Zähnen und dröhnenden Schritten.

«Den Tod soll er vor Augen sehen!», phantasiert er vor sich her, wie er die Sillgasse herunterstürmt. «Der Angstschweiß soll ihm auf der Stirne perlen! So eine Gemeinheit! Die Adressen verwechseln, das Gedicht fälschen! Auf die Knie soll er vor mir, oder...»

Während dieser Wutergüsse hat er unwillkürlich den Ordonnanzrevolver gezogen und spielt wie gedankenlos mit dem Hahn.

«Der Kerl wird zu üppig, schon längst», knirscht er zwischen den Zähnen hervor. «Diesmal werde ich sie ihm mal gründlich zurückschrauben, seine Frechheit! Daher sein impertinentes Grinsen, wenn ich von den Karten sprach! Wenn er ein einziges Mal dieses höhnische Grinsen aufsetzt heute, so bin ich im Stande und brenne ihm eins auf den...»

Pumm!

Krachend hat sich der Revolver entladen, donnernd dröhnt der Widerhall durch die Universitätsstraße. Auf dem Trottoir hat eine Dame vor Schrecken wild aufkreischend ihr Ridikül fallen lassen; denn das Projektil ist hart an ihr vorbeigezischt und hat dort von der weißen Wand eine Partie Kalk abgesprengt. Hunde heulen, angsterfüllte Gesichter schauen zu den Fenstern heraus und dort — dort kommt ein k. k. Schutzmann ehrwürdigen Schrittes dahermarschiert. Krach geht weiter, indem er angelegentlich alle Häuserwände inspiziert, aber nur, um die Verringerung der Distanz zwischen sich und dem Polizisten kontrollieren zu können.

«Sie dort!»

Krach scheint den Anruf überhört zu haben.

«Einen Augenblick, bitte!», ruft der Verfolger schon ziemlich energisch, Krach aber beschleunigt seine Schritte. Er ist doch nicht verpflichtet, anzunehmen, dass der Ruf ihm gelte.

«Anhalten, Sie, dort vorne!» Der Schutzmann gerät in leichten Trab, Krach zieht seine Uhr, erschrickt scheinbar und rennt ebenfalls, als ob er fürchte, den Zug zu verfehlen. Inzwischen hat er sein heißersehntes Ziel, den Hofgarten mit seinen Wegen und Büschen erreicht!

«Halt! Oder ich schieße!»

«Ich auch!»

«Warte, gemeines Subjekt!»

Nun hebt ein Rennen an, wie an einem eidgenössischen Turnfest — durch Büsche und Wege, über Kunstbeete und Einzäunungen, endlich um die Kaserne herum — «Na zum Teufel, wo ist er denn? Du dort, Kleiner, hast du keinen Mann davonspringen sehen?»

«Aber gewiss!

Dort, durch das Haus hindurch!»

«Teufel! Hier 20 Heller!»

«Vergelt's Gott! Der andere hat mir auch schon 20 gegeben!»

«Wofür?»

«Dass i ihm den Weg 'zeigt hab!»

Perkeo sitzt auf seiner Bude und studiert das deutsche Strafgetzbuch 201 ff. Absichtliche Anreizung zum Duell (Zweikampf mit dem Ziel der absichtlichen Körperverletzung oder Tötung) wird mit Gefängnis nicht unter drei Monaten bestraft... Herausforderung eines militärischen Vorgesetzten und Annahme der Herausforderung trifft Freiheitsstrafe von mindestens 1 bzw.. 3 Jahren und Dienstentlassung. Nach österreichischem Recht 3 Monate bis 1 Jahr Kerker, wenn keine Verwundung stattfand, sonst 1 bis 10 Jahre, bei Tod 10 bis 20 Jahre ... usw.

Perkeo kaut an seinem Federkiel. Er steht vor einem Rätsel: Vor wenigen Tagen war ein Offizier aus der Armee ausgestoßen worden, weil er als Grundsatz eine Herausforderung nicht angenommen hatte. Würde er angenommen haben, so säße er jetzt auf der Festung. Also: Nimmt einer die Herausforderung an, so wird er bestraft, weil er sich gegen das Gesetz vergeht; lehnt einer ab, so wird er bestraft, weil er es hält! Das ist die Logik der deutschen Rechtsauffassung!

«Überhaupt, diese Duelle und Mensuren!», knurrt der Kleine vor sich in den nicht vorhandenen Bart. «Überbleisel eines altgermanischen Blödsinns! Ja, Blödsinn ist die ganze Mimik: Wenn ich einem seine Frau etwas maliziös anschaue, so fordert er mich zum Duell heraus; wenn ich ihm alsdann zur wirklichen oder vermeintlichen Beleidigung noch die Schnute zerschlage und seine trauernde Witwe heirate, so ist seine Ehre wiederhergestellt! Da lob ich mir denn doch eine ehrliche Rauferei ... horch! Was ist denn daaaaas? Scheint ein Elefant ausgerissen zu sein!»

Über die ächzende Stiege hinauf donnert ein Schritt des Riesen Goliath, dessen Panzer bekanntlich über einen Zentner wog. Vor der Tür ein verhaltenes Verschnaufen und dann...

«Herrrein!»

Mit fürchterlicher Miene tritt Krach herein, und ohne seinen Kollegen eines Blickes zu würdigen, legt er mit unheimlicher Ruhe zwei Revolver auf den Tisch:

«Nimm einen!»

Mit namenlosem Erstaunen und hängender Unterlippe schaut Perkeo auf den rätselhaften Vorgang:

«Ein — Revolver?? Es ist doch heute nicht mein Geburtstag! Willst du mir einen schenken? Und den Namenstag feiere ich am 19. März! Aber immerhin … du bist sehr liebenswürdig!»

«Mach nur deine Witze — noch fünf Minuten lang!     Nun wähle!»

«Gut! Ich nehme diesen Ordonnanzrevolver — habe mir schon lange so ein Ding gewünscht! Ich nehme an, dass du ihn bezahlt hast, und so . . .»

«Nur Geduld! Ich nehme also diesen da! Stell dich an jene Türe; ich nehme meinen Posten an diesem Schranke hier!»

«Famos! Das geht ja wie bei einem amerikanischen Duell. Er wird doch nicht geladen sein? — Teufel ja! Der meine ist geladen, nur eine Kugel fehlt. Wo hast du die losgelassen, Krach?»

«Den Teufel geht's dich an! Jawohl, geladen sind beide …"

«Krach, beinahe möchte ich glauben, du seiest auch geladen! Was soll das Kasperltheater?»

«Sieh dort die Uhr an der Wand: Es ist sieben Minuten bis 11 Uhr. Sobald es schlägt, fange ich zu schießen an!»

«Wohin? Nach welchem Objekt?»

«Nach keinem Objekt, sondern nach einem Subjekt, nach einem Himmeltraurigen, Miserablen, welches seine angeblichen Freunde an den Pranger stellt und ehrbare Leute hintereinander richtet? Hast du noch einen letzten Wunsch? Wenn ja, so will ich noch fünf Minuten zugeben — um unserer einstigen Freundschaft willen!"

«Ich habe mehrere letzte Wünsche!»

«Also!»

«Erstens möchte ich einst vor meinem Tode noch meinen Enkeln segnend die Hände auflegen und zweitens . . .»

«Dieser Wunsch mag sich erfüllen, wenn ich von deiner Kugel falle . . . zweitens?»

«Zweitens möchte ich um alle Güter dieser Welt nicht, dass mein bester Freund auf Erden um meinetwillen 20 Jahre Festung bekäme — lies hier gerade §428a des österr. Strafgesetzbuches! Krach, ein solches Opfer bin ich gar nicht wert! Wollen wir nicht lieber ins Breinößel zu einem Frühschoppen. Hast du noch Geld, oder soll ich dir vielleicht mit etwas ...»

«Hast Du sonst keinen Wunsch mehr?»

«Als den Frühschoppen? O doch! Wenn du mir vielleicht ein Automobil kaufen wolltest ...?»

«Genug! Bald schlägt es 11 Uhr. Hast du deinen Eltern nichts mitzuteilen?»

«Wird mündlich besorgt! Hast du vielleicht selber schon ein Testament gemacht? Hoffentlich hast du mich darin nicht vergessen; du weißt, ich habe dir schon manchen Dienst geleistet, z. B. erst gestern Abend, als du statt ins Bett in den Glasschrank steigen wolltest. Wenn ich fallen sollte, was — ehrlich gesagt — Gott verhüten möge, so habe ich nur den einen Wunsch, dass du eine Rotkreuzschwester heiraten mögest, damit du nicht ganz verlassen bist!»

«Es schlägt 11 Uhr! Achtung! Ich zähle auf drei!»

«Ich schieße schon bei zwei!»

«Eins ...»

«Krach! Hier leg ich meine Pistole auf den Tisch! Ich schieße mich nicht mit dir, schon grundsätzlich nicht! Wenn ich dich wirklich beleidigt habe, so schieße mich nieder, wie einen Hund — hier meine Brust! Weißt, Krach! Wir haben schon manchen fröhlichen Streich verübt und uns schon oft ewige Freundschaft geschworen. Wenn die Treu nur ein leerer Wahn ist, dann los!»

Langsam senkt der Dicke seine Waffe, in seinem Gesichte zuckt es, wie verhaltene Rührung und sein schwerer Atem deutet auf inneren Kampf.

«Du hast soeben von Freundschaft und Treue gesprochen», keucht er wie unter einer schweren Last. «Wie taxierst du denn deine Handlungsweise mir gegenüber — hoffentlich als eine gemeine Büberei?»

«Krach, ich will dir gestehn, dass ich zu weit gegangen bin! Immerhin werden die Folgen nicht allzu tragisch sein?»

«Tragisch! Was nennst du tragisch? Lies mal diese zwei Liebesbriefe! Ich bin doch blamiert vor der ganzen Korona — blamiert, kompromitiert, an den Pranger gestellt und der Lächerlichkeit preisgegeben! Und das unschuldigerweise, durch Vertrauensmissbrauch von Seiten eines Kuleurbruders, der mit dem Wort «Freundschaft» im Maule einschläft, im Träume noch von Treue phantasiert und mit einem Lumpenstreich erwacht.»

«Lass erst mal sehen!»

Noch nie in seinem Leben hat der Kleine so wie jetzt beim Lesen der beiden Briefe sämtliche Kräfte des Leibes und der Seele mit Gewalt darniederhalten müssen, um nicht mit Explosionsgewalt herausplatzen zu müssen. Er muss sich abwenden, um im Verstohlenen die Tränen abwischen zu können, welche unter dem Hochdrucke seiner Gefühle über die Wangen rieseln. Aber endlich ist seine Kraft erschöpft; er erhebt sich: ,

«Einen Augenblick, Krach, ich habe mir gestern vom neuen hier einen gelinden Darmkatarrh geholt ...« Er geht, wie einer, der in Gesellschaft von plötzlichem Brechreiz befallen wird, geht ins Erdgeschoß, in den Keller, stützt sich dort an eine Mauer und lacht unter Schluchzen und Stöhnen, dass es ihn schüttelt wie, ... na, wie jenen, der eben aus der Gesellschaft fortmusste.

Nach geraumer Weile kehrt er zurück; er sieht wirklich leidend aus. Krach hat den Eindruck, als ob der Kleine geweint hätte.

«Krach», beginnt er mit leidender Stimme. «Die Sache scheint mir nicht allzu schlimm: Die hochnäsige Fischer-von Zernen, diese gepuderte Parvenügans, welche dich trotz alledem beständig umschlich ...» Hier reckte sich Krach, beinahe schon versöhnt, mit seiner ganzen Heldengestalt empor. «Diese blasierte Goldamster soll sich nie und nimmer einbilden, dass wir vor ihr eingenickt wären, oder etwa, Krach?»

«Hm!»

«Und für die Julia war es eine Belastungsprobe! Wenn sie diese nicht aushält, nach Aufklärung der Dinge, dann brauchst du ihr keine Träne nachzuweinen, und ich kenne die Skala ihres Barometers zu genau:

1. Schwüle Windstille, zu Gewittern geneigt:
2. Gewitterwolken mit Wetterleuchten;
3. Gewitterentladung, event. mit Einschlag;

4. Tränenregen, vielleicht mit einzelnen Hagelkörnern gemischt;
5. Verziehen des Donnerwetters mit auftauchendem Regenbogen;
6. Klar und beständig, bis es wieder von vorne anfängt.

Lass dich nur nicht unterkriegen, Krach! Weißt du, wir sind den Weibern mit all unserer Intelligenz nicht gewachsen. Der alte Narr von St. Urban hat nicht umsonst gesagt: Die Weiber lachen uns noch aus, wenn sie heulen! Die Julia mag dich ja liebhaben, meinetwegen! — Ein strammer Kerl bist du ja, wie keiner in Tirol, aber ich habe dich doch noch lieber; denn ich kenne dich bis ins Mark hinein, Krach!«

So schwatzt der kleine, schlaue Knirps den Hahn vom Turme herunter, bis ihm der Dicke schließlich die biedere Rechte bietet, allerdings mit dem etwas gewitterhaften Nachklang:

«Hier, verfluchter Schlingel, aber ein ungehenkter Seeräuber bist du doch! Zur Strafe und Sühne wirst du hingehen und beiderorts die Geschichte aufklären!»

«Heute noch!»

«Passiert nicht — Lassen wir die Giftkröten nur ein wenig brüten! Ein wenig schwierig wird's schon werden mit der Julia!»

«Allerdings! Der Inhalt der Karte hat eine verzweifelte Ähnlichkeit mit einer verkappten Liebeserklärung, aber lass mich nur machen! Sie soll dir Abbitte leisten — Sie dir, Krach! Ich habe einen Gedanken!»

«Deixel, wenn das wahr wäre!»

«Kleinigkeit! Ich habe dir die Karte diktiert für die Fischer-von Zernen und habe nachträglich einfach die Adresse der Julia drauf geschrieben, um dir einen Streich zu spielen!»

«Famos! Herrlich! Aber — aber … «

«Was — aber!»

«Die Geschichte ist nicht wahr!»

«Hm, allerdings — meinentwegen! Aber dem ist ja bald abgeholfen!»

«Was? Wie!»

«Indem ich dir den Inhalt jetzt nachträglich diktiere! Dann kann ich ihr doch mit gutem Gewissen sagen, ich hätte dir die Karte diktiert.»

«Perk! An mein Herz! Einfach großartig, wie du die Wahrheit umschimpfst ohne zu lügen. Perk! Ich prophezeie dir eine glänzende Zukunft als Rechtsanwalt. Alle deine Kollegen, mögen sie die Wahrheit sagen oder lügen, sind Stümper gegen dich!»

«Und dem andern Känguruh erkläre ich einfach die zugefügten Zeilen; dann muss sie dich ebenfalls um Verzeihung bitten, denn ohne meine Verse ist das Gedicht gar nicht so übel … viel zu schön für diese Klapperschlange!»

«Famos! Perk! Du bist wirklich gar nicht so harmlos, wie es oft den Anschein hat! Die Geschichte erledigt sich ja wie am Schalter!»

«Kleinigkeit! Der alte Narr von St. Urban sprach: Beim Weibe sollst du nie an den Verstand appellieren, denn nur sein Herz ist begriffsfähig! — Apropos, Krach: Hast du noch nicht Durst?»

«Hm! — Das gerade nicht; aber eine trockene Zunge und einen heißen Schlund!»

«Wird wohl ein Kaminbrand ausgebrochen sein. Gehen wir zur Feuermeldestation und requirieren wir eine Saugspritze!»

Arm in Arm ziehen die vereinten Brüder durch die Maria-Theresienstraße.

«Du, Krach», beginnt der Kleine plötzlich, vom gewöhnlichen Thema abweichend. «Mir ist es immer, als ob wir dem Affengesicht von einem Japaner einen Streich spielen sollten! Der Kerl schaut drein, als ob er erst gestern das Licht der Welt erblickt hätte. Augen macht er hinter seinen Schaufenstern, wie eidgenössische Schützenscheiben. Ach! Du trägst ja immer noch seinen Diamantring! Das wäre so ein Pflästerchen für die Julia; da würde sie bald versöhnt sein!»

«Donnerwetter! Schau, wie er blinzelt! Wie deine Spitzbubenaugen, wenn sie was im Schilde führen! Wird aber wohl einen Preis haben, der nicht für einen Sohn der Hirten berechnet ist!»

«Wer weiß! Fragen wir mal dort in jenem Bijouteriegeschäft an, was der geschliffene Flaschenboden wert ist!»

Sie gehen wirklich hinein, und Krach weist dem alten Juwelier seinen Schatz vor:

«Habe die Ehre, Herr Davidssohn! Hätte hier ein kleines Muster aus der Sammlung meiner orientalischen Diamanten. Wollten Sie die Freundlichkeit haben und den ungefähren Wert bestimmen. Falls Ihre Schätzung mich irgendwie befriedigen sollte, so wäre es nicht ausgeschlossen, dass ich Ihnen eine Partie von dieser Spezialität unter genehmen Bedingungen ablassen könnte!»

Perkeo schaut dem Krach ins Gesicht, als zweifle er an dessen geistiger Zurechnungsfähigkeit. War denn so etwas möglich? Der Juwelier aber greift zur Lupe, kneift das Auge zusammen und geht ans

Fensterlicht; sein Gesicht ist jetzt von der Muskelspannung ganz faltig geworden. Schließlich erprobt er noch dessen Härte und erklärt dann mit abgespannten Augen:

«Für diesen da zahle ich Ihnen 2000 Kronen!» (damals 1 Kr. — Fr. 1,05)

Krachs Gesicht ist länger geworden! Also nichts für seine Julia! Krampfhaft bewegen sich seine Finger in den Hosentaschen. In der einen fühlt er sein Nastuch und einen Militärhegel, in der andern ein Portemonnaie mit Kr. 4.25 und einen Entlebucher Schlagring.

«Werde gelegentlich ein Inventar aufnehmen und Ihnen eine Offerte zukommen lassen!», genehmigt der Diamantenhändler Krach mit einer unnachahmlichen Handbewegung.

Wie sie wieder draußen sind, bleibt Perkeo plötzlich stehen und hält auch seinen Freund am Rockzipfel zurück:

«Krach! Ich muss dir unbedingt etwas sagen:

Du hast ja schon oft geprahlt und ich auch schon gelogen, aber im Vertrauen: Reicht „die Sammlung Deiner orientalischen Diamanten" noch hin, um damit einen Frühschoppen begleichen zu können? Ah, sieh dort!»

Sie werden unterbrochen. Von der Leopoldstraße her kommt Monorobu, der Japaner.

Er blickt die zwei durch seine große Brille so harmlos, treuherzig an, als ob er von ihnen eine Gnade erbetteln wollte.

«Donnerwetter, ach, Servus, Herr Monoburu!», begrüßt ihn Krach mit einer so herzlichen Freude, als ob er mit ihm auf sämtlichen Schulbänken gesessen wäre. «Das trifft sich ausgezeichnet! Ich habe ja noch immer Ihren Ring — hier!»

Der kleine Mann des Ostens steckt das Juwel gleichgültig an den Finger und bemerkt so nebenbei:

«Ich hatte nicht mehr daran gedacht. Gehen die Herren ins Kolleg?»

«Nein, zum Frühschoppen! Dürfen wir Sie mitnehmen?», fragt der Dicke verbindlich.

«Ach, wie gerne würde ich mitgehen; aber ich bin bestellt. Treffe ich die Herren vielleicht gelegentlich wieder? Es würde mich so freuen!»

«Wir sind heute Abend im Hirschen!»

«Gut, gut! Ich werde dort sein — wenn ich darf!»

«Aber sicher! Wir machen uns eine Ehre daraus!»

«Ich bin Ihnen so dankbar, dass ich mich irgendwo anschließen kann. Auf Wiedersehen, meine lieben Herren!»

Und fort war er.

«Ein netter Kerl, dieser Moburonu, nicht wahr, Perk? So treubieder wie ein alter Onkel! Und da spricht man immer von den verschmitzten Japanern!»

«Mich gemahnen seine Augen an einen Waldkauz, der tagsüber schläft und nachts auf die Jagd geht!»

«Dummes Zeug, Perk! Mich gemahnt er eher an — dich!»

«Dann hüte dich, Krach!»

«Pah! Solche Jämmerlinge besorgt man dutzendweise!»

«Es ist schon mancher Walfisch von einem Delphin geliefert worden, Krach, und schon mancher Windhund hat an einem Igel seine Schnauze zerbissen!»

«Du hast eines vergessen, Perk! Weißt, man muss auch ein wenig Menschenkenner sein. Dieser Moburonu, oder wie der Kerl heißt, scheint mir von Jugend auf mit Lilienmilchseife gewaschen worden zu sein!»

«Es würde mich nicht überraschen, wenn er auch dich einseifen und über die Löffel halbieren würde!»

«Sollte sich unterstehen! Diesen Affenpinscher würde ich an einem Hinterbein über jeden Fabrikschlot befördern!»

«Er würde dir noch im Fluge auf die Nase spucken! Sieh dich vor, Krach!»

«Pah, er hat ja so ein ehrliches Gesicht und so liebe Augen!»

«Wie ein Kater, wenn er Mäuse riecht!»

«Was könnte der nur planen?»

«Allerdings! — Hm, ja! Einer Finanzoperation auf deinen Mammon könntest du ruhig begegnen; er würde glänzend abfahren!»

«Stopp! Hier gehen wir hinein!»

Am Abend finden sich die beiden pünktlich im Hirschen ein; denn in diesem Punkte konnte man sich auf sie verlassen. Nach einer kleinen Stunde tauchte auch der Enkel des Amokläufers auf. Lange suchend, als ob er kurzsichtig wäre, blickten seine durch die Brille vergrößerten Augen über die anwesenden Gäste hin. Der halbgeöffnete Mund gibt seinem breiten Gesicht etwas Harmloses, fast Beschränktes.

«Hallo, Herr Monuboru!», ruft Krach animiert und blickt sich um, ob man seine hochinteressante Bekanntschaft bemerkt habe. Der Schlitzäugige setzt sich bescheiden. An seinem Finger funkelt wieder der herrliche Diamant.

«Darf ich Ihnen vielleicht ein Münchner offerieren, Herr Muburonu?», fragt der Dicke zuvorkommend. «Haifischflossen gibt es hier nämlich nicht!»

«O, bitte, bitte! Sie sind sehr freundlich — Ich trinke gern ein Glas Bier, wenn ich so frei sein darf.»

«Hanny, eine Maß! — Apropos, Herr Monurobu, Sie würden Ihren Ring wohl nicht verkaufen, da er ein Familienandenken ist?»

«Prahler!», raunt ihm Perkeo ins Ohr.

«O, warum nicht!», entgegnet der Japaner. «Ich habe noch andere Andenken!»

«Was würden Sie wohl dafür verlangen, Herr Jap… Herr Morubonu?»

Mit einem gleichmütigen Blick streift der Japaner sein Juwel und lässt es im Lampenlichte funkeln.

«Hm! Ihnen würde ich natürlich einen anderen Preis machen als einem Händler! Sagen wir: Achtzig Kronen!»

«Waaas? Acht … zig Kronen?»

Mit unbeschreiblicher Verblüffung blicken Krach und Perkeo nach ihrem Visavis.

«Nun denn», fährt der Sohn des Fernen Ostens fort, «wenn Sie den Preis etwas hoch finden, so sagen wir fünfzig!»

«Donnerwetter! Her mit dem Krempel!», hastet der Dicke in heller Aufregung. «Fünfzig — sage und schreibe fünfzig Kronen verlangen Sie dafür?»

«Ist es vielleicht etwas zu viel?»

«Nein, nein! Ich habe, aufrichtig gestanden einen viel höheren Preis erwartet!»

«Wirklich? Ich habe ihn immer für unecht gehalten!»

«Meinetwegen! Mir gefällt er!»

«Überdies», fährt der Japaner fort, «überdies scheint er mir etwas getrübt und
sein Schliff etwas oberflächlich — ich möchte Sie nicht betrügen!»

«Perk, hast du so viel Geld bei dir?»

«Zufällig, ja — hier!»

Der Japaner steckt das Geld gelassen ein, Krach den Ring an seinen Finger und die Unterhaltung geht angeregt weiter. Natürlich wird der Kauf begossen und der glückliche Käufer des Diamanten kargt nicht. Krach hält einen Toast auf die emporstrebende Kultur Japans, feiert die Siege der japanischen Armee bei Wladiwostok, Port Arthur und Mukden und bietet dem Vertreter der siegreichen Armeen Kurokis den Schmollis an. Sie stoßen an auf Du und Du und Bruderherz und trennen sich schließlich mit dem Bruderkuss ewiger Freundschaft auf den Lippen.

Auf dem Heimweg entspinnt sich zwischen den zwei folgendes Gespräch:

«Ein herziger Kerl, nicht wahr, Perk, dieser Mono…»

«Meinetwegen! Aber wie konntest du mit diesem Mongolen Schmollis trinken! Und gar den Affenpinscher noch abküssen! Brrrh!»

«Pe—perk! Aus Dir spricht der Nnn— eid!»

«Danke gehorsamst! Lieber will ich ein Klafter Holz spalten, als so einem Molch seine Fangklappen reinsaugen!

«Aber der Rrring!»

«Meinetwegen! Übrigens: Krach, ist das eigentlich ein ehrliches Geschäft?»

«Wa - was? Du zweifelst an — an meiner Ehrlichkeit? Perk, untersteh dich! Wollte er mir nicht — dieser Bonomuru — eine Freude machen? Weils Sie sind! hat er gesagt! Hast du deine großen Ohren vermietet? — Und — und — muss er als, als — wie sagt der Kerl nur? — als Mokkaläufer den Stein nicht besser kennen, als der alte Gorilla?»

«Hat etwas für sich! Was willst du mir dem Ring anfangen?»

«Dumme Frage! Der Julia schenken! Perk! Perk! Das wird ein feierlicher Augenblick! Ist das nicht ein herrliches Pflaster …"

«Wer? Die Julia?»

«Perk! Soll ich dir dir deine Ohren über dem Kopfe zusammenknüpfen? Die Julia ein Pflaster? Weißt du, Perk, was man mit den ganz kleinen Schweinchen macht, wenn sie mit mit ihren losen Mäulern alles benagen?  Man ringelt sie … «

«Und nun möchtest du die Julia ringeln?»

«Perk, jetzt weiß ich, warum du so klein bist!»

«Nun?»

«Weil — weil nur dein Maul gewachsen ist — die Julia ein …! Ich meinte natürlich ein Pflaster für deine Spitzbubenkarte! Gleich soll sie dich übers Knie nehmen! Gehen wir hin!»

Sie gehen wirklich in den «Schwarzen Kater». Julia, die schöne Tirolerin, empfängt sie diesmal gegen ihre Gewohnheit sehr ungnädig:

«Die Herren Schweizer haben sich wohl verirrt! Das Heim für unbemittelte Obdachlose befindet sich in der Leopoldstraße!»

«Unbemittelte Ob…? Perk, ich glaube die ist im Stande und gibt uns noch zehn Heller Unterstützung, die Kanari!»

«Fräulein Julia, ich bin der Sündenbock und nicht der da!», ergreift Perkeo das Wort. «Ich habe ihm die Karte diktiert und gesagt, es sei für eine andere; nachher erst habe ich die Adresse gefälscht, vergleichen Sie mal die Schrift!»

Wie sichtliche Erlösung huschte es über das Gesicht der Tirolerin.

«So, so, also wieder ein Hallodristreich! Wart, nix kriegen tust mehr, heut Abend!»

«Ist nicht notwendig! Hol's mir schon selbst! Werde mich schon rächen, Zwiderwurzen!»

«Na, wie denn, Buaberl?»

Indem ich dafür Sorge, dass dir der da treu bleibt!»

Und schon klingt ihr fröhliches Lachen wieder.

«Wirst dann schon sehn! An ein Examen denkt er nämlich nicht, der da; aber ich wüsste euch eine billige, noch gutgehende Scherenschleife zu mieten!»

«Meinst wohl die Löffelschleife, die lottrige, welche dir den Schliff beigebracht hat? Kannst lange warten, bis d'Schneid hast!»

«Armer Krach! Dich möcht ich sehen in zehn Jahren, als gequälter Familienvater. Ich fürchte, du endigst dort, wo die «Freidenker» untergebracht sind! Mit jedem Mundwinkel schwatzt sie etwas Anderes wie die Seethaler Weiber; mit dem einen spricht sie die Unwahrheit und mit dem andern lügt sie!»

«Gewiss! Erst heut hab i g'logen!»

«Was hast denn gsagt?»

«I hab gsagt, der Perkeo sei ein feiner, hochgebildeter Herr!»

«Bravo, Julchen! Dafür kriegst du was! Krach, der Augenblick ist da!»

«Was habts denn wieder?»

«Krach hat dir einen kostbaren Ring mitgebracht!»

«Wird wohl so sein!»

«Julia, sieh mal her!» Krach hält den Ring an die elektrische Birne, dass er nur so funkelt. «Weißt du, was er wert ist? Fünftausend Kronen. Ein Diamant von 75 Karat.»

Da glänzen die Augen der schönen Hexe noch heller als der Diamant.

«Wo hast ihn her? Du und fünftausend Kronen! Zeig mal den Krempel!»

«Hier! Ein berühmter Diamant von der Insel ... wie heißt sie nur, Perk?»

«Honolulu!»

«Kaffer! Monoburu! Er stammt von einem Kopfläufer!»

«Na, jetzt würfelt der Kerl noch Kopfjäger und Amokläufer zusammen! Julia, er ist echt! Was kriegen wir dafür?»

«Erst will ich wissen, ob's ein Schund ist! Da, macht's Schluß und verschwindet! Sonst kommt der Krampus!»

Auf dem Heimweg zeigt Perkeo seinem Kameraden noch den berühmten Halley'schen Kometen und schließlich die richtige Hausnummer.

Nach zwei Tagen erhält Krach per Post ein kleines Paketchen. Wie er es öffnet, fällt ihm der — Diamantring heraus. In der Füllung aber liegt ein Briefchen:

Geehrter Herr!

Wenn Deine Treue so echt ist wie dieser Ring, erlebe ich zwar keine große Enttäuschung, aber immerhin eine wertvolle Erfahrung. Du weißt ja, dass ich in meinen Ansprüchen sehr bescheiden bin und mich auch über die kleinste Aufmerksamkeit herzlich freuen kann; aber, dass ich als Symbol Deiner «innigsten Gefühle» geschliffenes Fensterglas herumschleppen soll, ist denn doch etwas viel verlangt! Ich bin Dir ja deshalb nicht böse; aber immerhin darfst Du Dir merken, dass ich nicht jenes graue Pferdchen mit den langen Ohren bin, das zu allem «Ja» sagt!

Die herzlichsten Grüße von Julia.

NB. Da wird wohl Dein kleiner Schutzengel wieder die Hand im Spiele gehabt haben? Werde ihm nächstens dafür auch eine Freude machen. Obige.

«Sternen-Millionen-Donnerwetter!» Wieder fährt seine Faust auf die Tischplatte, dass die Hängelampe zittert, und was diesem Segensspruche folgte, wollen wir lieber übergehen!

Mit wahren Siebenmeilenstiefeln stürmt er in den «Schwarzen Kater». Die hübsche Tochter des Laufes ist gerade am Aufräumen, das ihr so gut ansteht; die schneeweiße Schürze mit den roten Blümchen gibt der ganzen herrlichen Gestalt, wie man so sagt, „Une beauté de diable"! Krach sieht es, und seine schon geladenen schweren Geschütze verwandeln sich in Gummibälle.

«Was soll das? Julia, bist du . . .?»

«Verrückt, meinst wohl? Ist ja weiter nichts dabei ... wegen dem Glasdiamant spring i no lang nit ins Wasser! Bin's ja gewohnt, so Sachen von dir!»

«Julia! Mein Ehrenwort: Der Juwelier Davidssohn bot mir für den Ring 2000 Kronen!»

«Und der Gleiche bot mir für diesen da 75 Heller! Er hat ihn auf seine Härte geprüft!»

«Teufel! Werde den Kerl auch auf seine Härte prüfen, bis er 75 Heller gilt! Her mit dem Ring!»

«Nix da! Wenn du wider Krampol machen willst!»

«Ich will brav sein!»

« Da!»

Zehn Minuten später ist Krach bei Davidssohn. Der Alte mustert ihn mit kritischen Blicken.

«Ah, Sie, Herr … Sind wir wohl handelseinig geworden?»

«Ja! Hier … geben Sie mir 2000 Kronen!»

«Jaaaah — mein lieber Herr, das ist ja der Ring, den mir gestern das Fräulein gebracht hat!»

«Natürlich! Ich Hab ihn ja an sie verschenkt!»

«Bitte zeigen Sie mal! Sehen Sie her: Ich habe hier auf diese Schlifffläche bei der Härtebestimmung einen kleinen Strich bekommen. Es ist kein Diamant, sondern nur geschliffenes Glas!»

«Donnerwetter! Warum haben Sie das beim ersten Mal nicht herausgefunden?

Sie . . .?»

«Bitte nur keine Aufregung! Das erste Mal, als Sie da waren, war das ein anderer Ring, allerdings eine täuschende Imitation. Ich will nicht hoffen, Herr, dass Sie mich beschummeln wollten!?»

«Herrgott! Auch das noch! Ich habe den Ring von einem Japaner, der hier an der Universität studiert! Er heißt Bonomuru!»

«Ich gebe Ihnen den guten Rat, sich an ihn zu halten! Mein Gutachten steht Ihnen zur Verfügung!»

«Danke vorläufig!»

«Falls Sie etwa den Wunsch hätten, Ihre Sammlung fachmännisch revidieren zu lassen, so ...?»

«Gerne, sobald die Angelegenheit mit diesem Hornaffen von einem Japaner erledigt sein wird!»

«Reiben Sie ihn ab mit einem hölzernen Lappen!»

«Herr Davidssohn! Sie steigen in meiner Achtung! Also bis nachher! Habe die Ehre!»

Tagelang, wochenlang sah man keine Spur von dem rätselhaften Japaner; er blieb verschwunden und Krach musste sein Kriegsbeil wohl oder übel begraben.

Nach sechs ereignisreichen Wochen – darüber ein anderes Mal, liebe Leserin und lieber Leser – bestiegen die vier bei herrlichstem Wetter wieder die Neither Spitze. Es hätte ja im heiligen Lande Tirol noch viele Berge gegeben, aber – so meinten wenigstens Krach und Perkeo – keine Resel!

Wie sie von der Höhe gegen das Kurhaus heruntersteigen, gibt der Dicke seinem Freunde einen geheimen Rippenstoß:

«Du Perk!«

«Hm, was?»

«Heute können wir uns rächen!»

«Einverstanden! Soll mir über den Stecken springen wie die Katze im Zirkus!»

Krach geht ans Fenster, wohl um einen Schabernack einzuleiten und ... fährt wie nach einer Maulschelle zurück:

«Perk! Bei allen bösen Geistern! Sieh mal her! Der Teufel soll mich reiten, wenn das nicht jener famose Monoburu ist, der dort die Resel bei der Hand hält! Herrgottfriedstutz! Laura will ich heißen, wenn's der Groppenkopf nicht auf die schöne Forelle abgesehen hat!»

Wie von einem Fußtritt geschnellt springt der Kleine heran:

«Krach! Bei allen Meineiden der Liebe! Den rasieren wir! Stürmen wir gleich die Bastille.»

«Nein! Halt, Perk! Da kommt mir ein famoser Gedanke! Siehst du, er trägt wieder seinen Diamantring!»

«Was solls?»

«Schnell! Zurück, bevor er uns wittert!»

Fieberhaft geht Krach den dreien voran in ein anderes Wirtshaus. Dort eröffnet er seinen Kriegsplan:

«Tasso — Tasso!» Der Dicke verschluckt sich vor Aufregung. «Tasso, du kennst die Geschichte meines Ringes, nicht wahr?»

«Zur Genüge!»

«Gut! Willst du mir jetzt einen wahren Freundesdienst erweisen? Ich werde dir ewig dankbar sein!»

«Sofort! Leg los!»

«Du gehst jetzt hinüber zum schlitzäugigen Katergesicht, biederst dich an und weisest deine Legitimationskarte vor. Das wird ihm Vertrauen einflößen; zudem hast du ein so ehrliches Gesicht wie der Schinderhannes selig. «

«Wer ist das?»

«Tut nichts zur Sache! Also: Du gehst jetzt hinüber und interessierst dich harmlos, wie ich damals, für den Ring — verstanden?»

«Zu Befehl!»

«Vielleicht wird nun der Amokläufer auch mit dir das nämliche Manöver beginnen und dir den Ring probeweise überlassen — dann kommst du sofort hierher!»

«Hm! Aber, wenn ... «

«Her wird nicht gehmt und das Wenn und Aber werde ich selbst besorgen! Tasso, sei so gut!»

«Also gut! Auf Wiedersehen!» Er geht.

Die drei machen unterdessen einen Zuger-Jass, aber Krach verliert; er ist nicht bei der Sache.

«Himalaja! Einen Beinbruch wollte ich riskieren, wenns gelänge!», meint der Dicke. «Perk, dann können die Detektive einpacken!»

«Pass doch auf! Warum gibst du den Zehner? So putzt er noch, der Knochenschlosser da! Tölpel!», ereifert sich der Kleine.

«Meinetwegen! Leute will ich putzen, oder ich werfe den gestiefelten Kater an die Wand, dass er kleben bleibt wie ein fauler Apfel — zu einem Fettfleck haue ich ihn zusammen!»

«Fünfzig mit Stöcken!»

«Halt! Ich habe alle vier Schweine!

Ein herrliches Vorzeichen! Was meinst du, Perk, wenn wir ihn heute verprügelten, bis er seinem Glauben abschwört?»

«Warten wir ab — dort kommt Tasso!»

«Ja, dort kommt er wahrhaftig, und — Perk, an mein Herz! Siehst du ihn glänzen, den echten Diamanten? Dampf unter den Kessel! Pulver und Dynamit! Tasso, ich muss dir einen Kuss geben und wenn ich die Cholera kriege — du hast ihn wirklich?»

«Hier!»

«Bei allen Schwefelblasen und Stinkbomben! Es ist der Richtige! Ich kenn ihn ganz genau. Siehst du hier diese kleine Orydpatina — es ist der Echte, beim Barte des Propheten kann ichs beschwören. So, Tasso, das hast du feingemacht. Nun kommt der zweite Teil:

Jetzt nimmst du den Falschen hier und bringst ihn dem rasierten Gorilla zurück. Du sagst einfach, dass du noch eine Bergtour vorhabest und ihn verlieren könntest — oder sonst etwas!»

«Gib her! Ich gaube, dass ich keine Arbeit habe. Die Resel scheint ihn ein bisschen verrückt gemacht zu haben!»

«Kimbern und Teutonen! Wir werden ihn kurieren. Was meinst du, Perk?»

«Wird geliefert! Der Resel haben wir's zu verdanken! Der alte Narr von St. Urban hat doch immer recht!»

«Was sagt er zu unserm Falle?»

«Er sagt: Wenn der Teufel beim Manne nichts ausrichtet, so schickt er ihm einen holden Engel! Was glotzest du noch, Tasso?»

«Ich wollte nur untertänigst fragen: Wie habe ich mich zu verhalten, wenn er den Schwindel riecht und mich zur Rede stellt?»

Da grinst ihn Krach fröhlich an: «Wenn er Wind bekommt, so sagst du einfach, ich hätte dich betrogen, dir den echten abgeschwindelt und dafür das Simili gegeben! Vielleicht kommt er dann selbst!»

«Bon! Bis jetzt sind die Trümpfe in unseren Händen. Auf Wiedersehn!»

Nach kaum einer halben Stunde kehrt Tasso zurück, ohne den Ring; der Streich ist gelungen. Da wendet sich aber der bedächtige Fritjof an den „Diamantenhändler":

«Aber, Krach! Du wirst doch den kostbaren Diamanten nicht behalten wollen?»

«Keine Idee! Für mich ist er nur ein Pfand für mein Geld und für seine Prügel!»

«Bravo! Das lass ich gelten! Da tu ich gerne mit! Der Kerl hat mich selber geärgert!»

Diese Zustimmung Fritjofs war Balsam für das wunde Herz des Dicken:

«Hurrah, mit Trompetenschall!», ruft er begeistert, «Fritjof, Herzensjunge! Du hast also nichts dagegen, dass wir dem krummbeinigen Pavian seine Flossen etwas gerade dengeln?»

«Im Gegenteil! Ich tu selber mit!»

„Zillerthal, du bist mei Freud! Holdierididiliriaho! Es ist doch nirgends so schön, wie in Tirol, besonders seit es Japaner hat. Bin ich froh, dass meine Großmutter nicht zwanzig Jahre später geheiratet hat! Perk! Heute gehe ich in den Bettschonerverein!»

«Wo gibt es denn einen solchen?»

«In Luzern! Es ist ein Bergklub mit Statuten, an denen sogar der alte Narr von St. Urban seine Freude gehabt hätte!»

«Zum Beispiel?»

«Zum Beispiel: §1: Jedes neu eintretende Mitglied muss in seinem Leben drei Dummheiten nachweisen können!»

«Bist Du Ehrenmitglied?»

«Maul halten! §2: Von den Verheirateten wird nur der Nachweis von zweien verlangt!»

«Und wer mit dir in die Schule gegangen ist, wird wohl auch von der zweiten dispensiert?»

«Und Du würdest ohne weiteres in den Vorstand gewählt! Weiter, Verhaltungsmaßregeln für Bergtouren: § 3: Wer seine Frau lieb hat, der lässt sie zu Hause!»

«Alle Achtung!»

«§ 4: Wer sie nicht lieb hat, lässt sie erst recht zu Hause!»

«Donnerwetter! Dieser Verein ist wohl sehr groß?»

«Ja, er nennt sich auch Verein ehemaliger Säuglinge. Hat es nicht geklopft? Herein!»

Herein tritt der — Japaner! Er strahlt förmlich von freudiger Überraschung.

«Ah, meine lieben Herren Schweizer! Dacht ich's doch! Ich bin ganz entzückt!»

Krach springt ihm entgegen:

«Und ich fließe vor Wonne und Seligkeit über. Monoburu, du Licht meiner Augen, du Labsal meiner Seele!», stöhnt Krach wie unter einem Übermaß von zartesten Gefühlen.

«Ich war noch nie so glücklich wie jetzt», fährt der Sohn des Ostens weiter fort, «wie jetzt, da ich mich an so edle Menschen anschließen darf.»

«Du sollst bald innigen Anschluß finden, mein herziges Monobürüchen! Wie der Hirsch nach der Wasserquelle, so sehnt sich mein Herz nach dir! Dich noch einmal sehen und dann sterben!»

«Womit hab ich eigentlich verdient, dass so liebe Menschen mich in ihr Herz schließen? Ich bin doch nur ein simpler Japaner!»

«Aber doch ein herziges Kerlchen! Was mich zu dir hingezogen hat, ist nicht so sehr die Schönheit deiner Augen und das Ebenmaß deiner herrlichen Gestalt, als vielmehr der Adel und die biedere Ehrlichkeit deiner schönen Seele! Monoburu, an mein Herz!»

«Hier hast du mich! Ich hätte nicht geglaubt, hier im fernen unbekannten Westen bei so lieben Menschen so innigen Anschluß zuhhuhuhäh — au! — o — uh — nicht so fest! — ich ersticke ... oh ... nein doch. Seien Sie doch ...uuhwe ...»

«So, mein Bruder in Konfizius! Nun sollst Du Anschluss finden, herzlichen, innigen Anschluß! Du sollst ganz aufgehen in meiner Liebe. Nachher gibts noch Harakiri![5] - - Bald wird Deine reine Seele wie ein Wagenseil zu Maule herausfahren ... »

«Seien Sie doch – auh! – vern... gkchhhh – Acht auf meinen – Ring – uih!»

«Ah, richtig! Der Kerl trägt schon wieder so einen Bierglasdiamanten! Her damit, Perk! Dreh ihn ab! Ich sorge für den nötigen Gegendruck!»

«Uuuuh — fort! — Er ist vergiftet!»

Wie von der Wespe stochen fährt der athletische Krach zurück und auch Perkeo macht einen ängstlichen Seitensprung.

«Waaas? Vergiftet?»

«Ja vergiftet — hier, die zackige Kronenfassung! Ich garantiere für nichts!»

«Einen Giftring? Hier im Tirol! Leg ihn weg, dorthin! Oder ich schlage Dich mit einem Wirtstisch zusammen!»

«Versuchen Sie's! Ich kann ihn nicht losbringen; er sitzt zu fest – und das ist gut!»

---

[5] Beliebte japanische Art des Selbstmordes durch eigenhändiges Bauchaufschlitzen

«Verdammte Kobra!»

Wie der Blitz hat Fritjof seinen Eispickel losgeschnallt und tritt vor den gefährlichen Jüngling hin:

«Herr Monoburu! Sehen Sie diesen Eispickel! Er ist nämlich auch vergiftet! Wenn ich ihn durch Ihren Schädel pflanze, dass die Spitze durch den Unterkiefer schaut, so kriegen Sie sicher eine Blutvergiftung!»

«Was wollen Sie eigentlich von mir?»

«Augenblicklich fort mit dem Ring!»

«Er ist ja nicht ver ... «

«Eins — zwei ...!»

Der Ring liegt auf dem Tische!

«So, Herr Monoburu! Nun sollen Sie vernehmen, was wir wollen — Krach!»

Dieser tritt vor:

«Herr Monoburu! Können Sie mir vielleicht 50 Kronen pumpen? Ich bin nämlich auf dem Hund! Ein miserables Subjekt hat mich nämlich gerade um so viel betrogen!»

«Aber — erinnern Sie sich: Ich habe Ihnen ja gesagt, dass ich den Stein für unecht halte!»

«Sehr gut! Ich erinnere mich! Sie sollen ihn wieder um den gleichen Preis erhalten! Und wenn Sie noch 20 Kronen für unsere gemeinsame Kasse stiften, so bekommen Sie auch noch den echten dazu! Also her mit dem verdammten Mammon!»

Das lässt sich der himmlische Sohn des Ostens nicht zweimal sagen: Mit einer wegwerfenden Handbewegung schmeißt er 70 Kronen auf den Tisch.

«So, Liebling, hier ist der Ring! Und nun in die Versenkung mit dir!»

«Halt!», ruft da Fritjof dazwischen. «Legt ihn mit dem Bauche auf den Tisch!»

«Hurrah, Fritjof! Hier ist er! Nun wollen wir ihm auf Schweinsleder einen Abschiedsbrief aufsetzen. — Her mit dem Bleistift! Ich schreibe mit dem Bergstock und Perkeo mit dem Besenstiel. Wie breit soll er werden, Fritjof?»

«Nicht schlagen! Bitte, nicht schlagen! Ich bin ein armer Teufel!»

Wie mit einem Schlage ist Krach entwaffnet. Jetzt würde er es nicht übers Herz bringen, den Wimmernden zu schlagen. Er lässt ihn augenblicklich los.

«Aber ein Andenken an die 4 Schweizer soll er doch noch haben — Fräulein, bringen Sie, bitte, ein Pfund Schmierseife!»

«Sofort!»

Die Kellnerin bringt das Gewünschte und Perkeo füllt ihm damit die Westentaschen.

«So, Bubi! Wenn du wieder einmal Leute anschmieren willst, so haben wir dir dazu den Stoff geliefert, und nun müssen wir scheiden, und wenn auch das Herz darüber bricht. Bewahre uns ein gutes Andenken! Auch ich will dein Bild im Herzen tragen!»

Acht Tage nach dieser Szene bringt Fritjof den beiden einen Zeitungsausschnitt folgenden Inhalts:

Steckbrief:

Ladislaus Bogdan, alias Andreas Bela, alias Stephan Korezy, aus Budapest, wird gesucht wegen Einbruch und wiederholter Betrügereien. Gibt sich mit Vorliebe als Japaner aus und sucht sich als solcher interessant zu machen. Kennzeichen: Typischer Japanertypus mit O-Beinen und sehr langen Fingern. Nachrichten sind erbeten an das Polizeibureau Wien und Budapest (durch die Lokalbüros). Auf die Ergreifung ist ein Preis von 300 Kronen gesetzt.

«Teufel, Perk! Da ist uns ein Fisch entgangen!»

«Und dabei ist der schlitzäugige Puma nicht einmal ein richtiger Japaner!»

«Aber geliefert haben wir ihn doch — wir zwei!»

## Raphael, der Maler

Von jetzt an spielt noch eine neue Nummer mit, nämlich ein Maler. Er ist bald beschrieben: dünn ausgedrehter Schnurrbart und Knebel, mehr in der Anlage vorhanden als in Wirklichkeit, so à la Napoleon III. in seinem 52. Lebensjahre. Von all dieser Herrlichkeit war aber meist nur der unterste Spitz des Knebels sichtbar, weil der obere Teil im Schatten eines riesigen Kalabreser Hutes lag, dessen «Güpfli» ganz wohl als Zuckerstockmodell hätte dienen können. Die ungeheure Krempe aber umgab sogar die Schultern wie ein eingedrückter Heiligenschein. Dieser vielversprechende Anfang fand nach unten seine stilgerechte Fortsetzung: Stehkragen mit «Fliegerkrawatte», Samtkittel mit Hemdvorsatz, schwarzer Seidengürtel, Manchesterhosen mit Wadenstrümpfen und Halbschuhen. Zu diesem Kunstgebilde gehörte mit unerbittlicher Notwendigkeit eine Brissago und ein schwerer Siegelring aus Katzengold. Das war Raphael, der Maler. Der hatte einfach noch gefehlt, und deshalb war er da! Auf Grund seiner angeblichen Studien in Rom und wegen seines innigen Blickes — besonders Damen gegenüber — gaben sie dem gottbegnadeten Künstler den Namen Raphael. Und es war unverkennbar, dass er diesen «Spitznamen» nicht als Beleidigung auffasste; gestand er doch in seiner angeborenen Künstlerbescheidenheit öfter, dass er noch nicht weiter sei als jener!

Wer ihn aber für einen Stümper gehalten hätte, der würde sich gründlich getäuscht haben; denn besonders im Freihandzeichnen besaß er ein geradezu phänomenales Talent, und in Karikaturen (Spott- und Hohnbildern) offenbarte er nach Perkeos Urteil und Überzeugung eine geradezu klassische Künstlerseele; so hatte er z.

B. schon sämtliche k. k. Professoren der Universität als Tierstudien in sein Skizzenheft geschmettert: Prof. Kohlinger als Orang-Utan, Prof. Schwetzvor als Rhinozeros, Prof. Schneidauf als Krokodil mit aufgesperrtem Rachen, die Herren Gröhlinger, Quatschky, Kräiliger und Stiefelzapf als Hammel, Heupferd, Rüsselpapagei und Gorilla. Perkeo umarmte den Gottbegnadeten beim Anblick dieser Werke und nannte ihn einen Säkularmenschen.

Ein gemütlicher, lieber Kerl war er ja, aber ein Windhund, wie er nur bei Pinselakrobaten ins Kraut schießen kann. Und flott nahm er sich aus in seinem Künstler-Habit, das musste man ihm einfach lassen. Andere Toiletten-Gegenstände hatte er nach seiner ehrenwörtlichen Aussage daheim in Aarau gelassen. Seinen Unterhalt bestritt er zum größten Teil aus den Einnahmen für Karikaturen an humoristische Blätter. Für den kleineren Teil seiner Bedürfnisse gab er Aktien aus und schrieb die Prozente in den Rauchfang. Als ihn z. B. eines Tages der Jude Veilchenstein an eine noch unbeglichene Faktura für gelieferte Wasserfarben erinnerte, meinte er gelassen:

«Ich werde Sie dafür malen!»

Der Jude der ihm in Anbetracht der Umstände wirklich wässerige Wasserfarben geliefert hatte, machte zwar ein bittersaures Gesicht, strich aber doch schließlich den Bart und entschied:

«Gut! Ein Bild ist doch immer noch etwas, aber gar nichts ist verflucht wenig! Malen Sie mich!»

«Mit Wonne, Herr Veilchenstein!»

«Aber schön!»

«Ich male Sie im Werte von 16 Kronen 75 Heller!» (So hoch belief sich nämlich die Faktura.)

«Für Kredit und Risiko dürfen Sie schon noch etwas zugeben!»

«Gut! Sagen wir 18 Kronen!»

«Gott der Gerechte! Sie sind ein Jud!"

«Und Sie ein alter Christian!»

Noch am nämlichen Tage malte Raphael den Juden.

Als Perkeo am Abend wie gewöhnlich in sein Atelier kam (dieses Atelier bestand in der Räumlichkeit zwischen einem Estrichbalken und dem Dachfenster) da heulte er auf vor Augenlust und Seelenwonne; ja, das war der Jude, Zug für Zug, aber so ins Groteske verzerrt, als ob er ein Jahr in der Beize gelegen und nachher an der Sonne getrocknet wäre.

Als Veilchenstein anrückte, gab es eine fürchterliche Szene:

«Glauben Sie denn, Sie elender Pflasterbub», kreischte er auf, «glauben Sie, ich lasse mich für mein teures Geld auch noch verhöhnen, ich werde Sie . . .»

«Einen Augenblick. Herr Veilchenstein», unterbrach ihn der Künstler, indem er gelassen eine Zigarette drehte. «Haben Sie beim Hinaufgehen in mein Zimmer die Treppen gezählt?»

«Gezählt? Warum sollte ich die Krachleitern gezählt haben?»

«Gut! Also aufwärts nicht gezählt! Hören Sie, Herr Veilchenstein: Wenn Sie noch einmal Pflasterbub sagen, so können Sie dieselben abwärts zählen! Es sind gleich viel wie aufwärts!»

«Also auch noch drohen wollen Sie mir zum Schaden?»

«Zum Schaden? Herr Veilchenstein, ich weiß, dass Sie für die Farben 2 Kr. 75 bezahlt haben!»

«Ist das etwa nicht genug für dieses Bild von einem Leviathan hier!»

«Ich wusste nicht, dass Sie Levi Athan heißen. Unter wie vielen Namen reisen Sie?»

«Wozu streiten und mich verhöhnen lassen! Ich nehme das Bild nicht!»

«Und warum nicht?»

«Weil es mir nicht gleicht! Ich werde Sie morgen pfänden lassen!»

Da verfuhr unser Raphael nach altbewährtem Muster:

«Einen Augenblick, Herr Veilchenstein!» sprach er geschäftsmäßig und holte seine Zimmerherrin:

«Frau Winkler, dieser Herr behauptet, dass das Bild hier ihm nicht gleiche — Ist es nicht so, Herr Veilchenstein?»

«Jawohl, das behaupte ich!»

«Gut! Sie können gehen!»

«Goi! Pfänden werd ich Sie!»

«Immerhin! Nur zu! Meine Berufsutensilien dürft Ihr mir nicht nehmen und ohne das Ansichtskartenalbum kann ich schon leben!»

Wie der Jude verschwunden ist, seht sich Raphael wieder vor das Bild und greift zum Pinsel. In einer Stunde war das Werk vollendet:

Es ist noch Zug um Zug der Jude Veilchenstein, aber seine Locken über der gefurchten Stirne haben sich zu zwei Hörnerstummeln geringelt, seine Ohren sind lang und spitz geworden und vor der Brust hält er krampfhaft einen Beutel an sich gedrückt, auf dem die Worte stehen: Armen- und Waisenkaffe — kurz: eine Teufelsfratze, wie sie nur der Phantasie eines Raphael entspringen konnte. Als Karikatur war es immerhin noch eine Kunstleistung.

Deshalb war denn auch die Drogerie Kürzer gerne bereit, das Bild als Attraktion für ein schaulustiges Publikum einige Tage in ihr Schaufenster zu stellen.

Nach kaum drei Tagen kommt der Jude angefahren wie eine Lokomotive:

«Wie — wie — Sie gemeiner Mensch! Wie können Sie sich eine solche Niederträchtigkeit erlauben! Erst bestohlen und dann verhöhnt! Und dabei sagt man — sagen die Goijm — Gott der Gerechte schlage sie — sagen diese Christen immer noch: Die Juden, die Juden sind Betrüger, die Juden ...«

«Herr Veilchenstein! Eins nach dem andern! Also erstens: Sie reden von bestohlen werden! Da keine Drittperson anwesend ist, auf welche ich diese unzarte Anspielung beziehen konnte, so muss ich wohl annehmen, dass ... «

«Dass Sie mich begaunert haben, jawohl, um 18 Kronen!»

«Sie meinen wohl die 2 Kr. 75. Nun, mir liegt nichts daran! Aber ich habe Ihnen dafür ein Bild geliefert im Werte von mindestens 18 Kronen!"

«Ein Bild! Ein Bild! Wai wai! Eine schmutzige Bettlacke haben Sie geliefert, eine verschüttete Käsbrühe, eine Reklame für Wagenschmiere!"

«Gut! Und damit sind wir bei der Lösung der zweiten Frage angelangt: Verhöhnung! Sie haben vor Zeugen erklärt und jetzt eben wiederholt», erklärte Raphael ruhig, indem er mit besonderer Sorgfalt eine Zigarette dreht, «dass das Bild Ihnen nicht gleiche! Wie können Sie also von Verhöhnung reden, wenn das Bild ihnen total unähnlich ist? Es stellt eben einen anderen dar, der mit Ihnen nichts gemein hat als vielleicht eine innere Ähnlichkeit.»

«Tun Sie den Kram weg! Dann sind wir quitt!»

«Sie kommen mir geschliffen! Für dieses Bild habe ich einen Zusatz von Farbe und Zeit verwendet! Es hat mir gestern einer 25 Kronen dafür geboten! Hier ist die schriftliche Offerte, wie Sie sich überzeugen können!» – «Fünf — und — zwan — zig Kronen — für den — den Krampus?»

«Wie Sie sehen!»

«Lassen Sie ihn verschwinden, den Ziegenbock, ich muss — er beschmutzt das Ansehen meines Kredites. Ich gebe Ihnen 26! »

«Macht einen Überschuß von 8 Kronen. Bitte, legen Sie den Mammon dort auf den Tisch!»

«An der Räude soll er ver ... der Teerstreicher! Gott der Gerechte schlage seine Enkel!»

«Soll ich Ihnen vielleicht davon eine Partie Ansichtskarten besorgen! Ich glaube, wir würden ein Geschäft machen!»

«Rakka!»

Und fort war er!

Die Scheinofferte aber hatte selbstverständlich Perkeo besorgt.

### Eine Brautfahrt

Fastnacht! Austrierball im Stadtsaal! Akkorde wildaufsprudelnder Melodien vermischen sich mit dem Blumenduft tanzender Girlanden, mit den unsichtbaren Wolken exotischer Wohlgerüche und mit dem Dunste der glühenden Tänzer. Brausender Jubel durchbraust den Saal. Da wird es plötzlich still, so still wie in einem Dom; das Schweizer Quartett steht auf dem Podium: Tasso, Perkeo, Krach und Fritjof — Leise, lieblich wiegend wie Morgenwind weht es daher:

> «Nun brechen aller Enden die Blumen aus grünem Plan;
> Wohin ich mich mag wenden,
> Da hebt ein Klingen an.
> Möcht' Dir ein Sträußlein winden,
> Möcht' Dir ein Liedlein singen.
> Das war mein allerliebstes Spiel!
> Mein allerliebstes Spiel!»

Selbstvergessen wie eine Amsel auf höchstem Tannenwipfel lässt Tasso seinen herrlichen Tenor erschallen. —
Die letzte Strophe ist von ihm selber gedichtet:

> «Und wenn ich einstens sterbe,

*Auf einem Bündel Stroh,*

*Vergessen, in der Ferne,*

*Wie sing ich dann noch froh:*

*Möcht' Dir ein Sträußlein winden,*

*Möcht' Dir ein Liedlein singen,*

*Das war' mein allerletztes Spiel,*

*Mein allerletztes Spiel!»*

Das Lied ist verklungen, aber in den Herzen hallt es wieder, und manche Schöne summt leise vor sich hin:

«Möcht Dir ein Sträußlein winden... Und mancher verstohlene Blick trifft mit heimlicher Glut die vier strammen Gestalten aus dem Lande der Hirten...

Blumen fallen von der Galerie.

Wie sie an ihre Plätze kommen, klappt eben Raphael sein Skizzenbuch zu.

«Was hast Du gezeichnet?», wundert sich der Kleine.

«Sieh her! Aber hüte dich! Sie gehört mir; ich habe sie zuerst gefunden!»

Perkeo starrt auf ein liebliches Gesichtchen.

«Teufelskerl! Wo hast du die gestohlen!»

«Sieh dich um — dort rechts am Fenster, dort heult sie!»

«Ja — wirklich! Welch eine Gestalt! Die hätte einen Praxides verrückt machen können! Warum weint sie?»

«Warum sollte sie weinen? Wenn Ihr mit Eurem Gejammer nicht auch meinen Nervus melancholicus getroffen habt, so will ich Rotschild heißen! Aber — Teufel! Das war mal gesungen! Wenn ich ein Mädchen wäre, so würde ich dir nachlaufen, Tasso! Ah!»

Dieses «Ah» war ein Ausruf der ehrlichsten Überraschung. Tasso war nämlich mit seinen Adonisaugen ebenfalls der Richtung gefolgt, welche Raphael gewiesen hatte. Wie durch elektromagnetische Fernwirkung hatte sie eben jetzt hingeschaut — nur einen Augenblick!

Aber dieser Augenblick hatte genügt, um einen Kurzschluß herzustellen; denn der elektrische Funke legt bekanntlich in der Sekunde 300 000 km zurück!

«Kannst Du mich nicht vorstellen, Farbenmensch?», erkundigte sich Tasso.

«Kenne sie selber nicht! Aber wart einmal; ein senkrechter Kerl ist jeder technischen Schwierigkeit gewachsen, und hier handelt es sich lediglich um eine räumliche Differenz!» Damit reißt der Maler das Blatt aus dem Album.

«Da, Rattenfänger, bring ihr das Bild!»

«Raphael! Du bist ein ganzer Kerl, her damit! Es ist ausgezeichnet!»

Der schlanke Tonkünstler segelt direkt auf die Unbekannte los und stellt sich vor:

«Fräulein, mein Name ist — vorläufig — Tasso!»

Wie im Schreck fährt sie auf und errötet mit gesenkten Wimpern.

«Hedwig Zirler!», flüstert sie leise, indem sie verlegen mit zuckenden Fingern eine Nelke malträtiert.

«Ein Freund von mir», fährt der scheinbar bescheidene Tasso fort, «hat Sie ohne Ihr Wissen gezeichnet und das herrliche Bild — herrlich nach Form und Inhalt — mir geschenkt. Nun möchte ich es

Ihrem Ermessen überlassen, Fräulein Zirler, ob ich das Bild behalten darf oder nicht. Hier!»

«Aaah! Wie herrlich! Ich meine natürlich die — die Linienführung. Wer hat das gemacht?»

«Dort drüben — unser Raphael!»

Ja, dort drüben nickte er, wie ein Kirchenrat.

«Einfach köstlich — sieh mal, Mama!»

Die Mama, eine etwas korpulente Dame mit Unheil verkündenden Hängebacken, greift nach dem Bilde und zum Lorgnon, betrachtet aber darüber hin den flotten Studenten, der sich da herangedrängt hatte, wie Pilatus ins Credo. Das Examen scheint nicht gerade schlecht ausgefallen zu sein: denn sie reicht das Blatt zurück mit den Worten:

«Hedy, du musst die Herren einmal einladen!»

Das lässt sich die Schöne nicht zweimal sagen.

«Mama, am 28. ist dein Namenstag; die Herren Schweizer Studenten würden sicher so liebenswürdig sein und dir ein so herrliche Liedchen singen!»

«Mit Wonne und Vergnügen, Frau Zirler!», entgegnete Tasso mit einer strammen Verbeugung. «Auf Wunsch könnte ich Ihnen auch mit einem Violinständchen dienen!»

«Ah, wirklich!», horchte Frau Mama gespannt auf. «Unsere Nachbarschaft, die Frau Gürber, wenn man sie so nennen darf, würde vor Ärger Blut spucken, wenn ich an einem Abend Ständchen bekäme! Der Herr spielt also auch auf der Geige?»

«Ein wenig — wenn ich Ihnen vielleicht gleich eine Musterkarte servieren darf, Frau Zirler?»

«Ich bitte sehr darum!»

«Zu Befehl — in der nächsten Pause werde ich das Podium besteigen!»

«Haben Sie keine Angst?»

«So ein bisschen schon!»

Die geneigte Leserin wird wohl nicht so naiv sein, zu glauben, dass Tasso im Sinne hatte, für die Alte zu spielen!

Sie hielt ihn wohl für einen Gelegenheitsarbeiter im Reiche der Töne; denn als er nach dem Gespräch wieder an seinen Platz zurückgekehrt war, meinte sie:

«Wenn er gar zu schief kratzt, soll das Sängerquartett das Ständchen übernehmen. Sie singen wunderbar, diese herben Schweizer!»

«Und wenn er gut spielt?», warf Hedwig bescheiden ein.

«Dann will ich beides haben — aber warte noch! Was ist denn daaas?»

Tasso hatte sich nämlich erhoben, seine Geige unter dem Arme, und da begann es leise zu flüstern:

«Ah! Tasso spielt! Wer? Dort, der schöne, blasse Student — Still dort! Könnt dann nachher weiter klatschen! Bitte?»

«Tasso spielt! Horch!»

Fast lautlos stimmt er dort seine alte Geige; dabei fällt sein Blick wie unwillkürlich nach der Richtung, wo Hedwig Zirler sitzt. Fast zuckt er zusammen; denn von dort blicken ihm zwei seelentiefe, unendlich traurige Augen entgegen. Unter dem Bann dieses Blickes spielt er Mater Dolorosa!

Wie manches Herz krampft sich zusammen, von den blutsverwandten Tönen des Schmerzes zum Zittern gebracht. Fein gepflegte Hände falten sich unwillkürlich, und durch den geschmückten Saal wimmern die Englein von Golgatha. Mitten im schmerzlichen Aufstöhnen der Geige springt eine Saite. Die Zuhörer zucken erschreckt, fast wie ins Herz getroffen zusammen … aber Tasso ersetzt sie nicht. War dies ein Zufall?

Silbernes Mondlicht durchleuchtet die nächtlich fahrenden Wolken, die lustigen Vagabunden des Himmels, und zaubert unheimlich schwankende Schattenbilder in jenen Herrschaftsgarten, wo eben die Amsel ihre letzte Nummer gesungen, und die Rosen ihre Köpfchen zum Schlafe gesenkt haben. Die grünen Läden rings im weiten Umkreise sind geschlossen, und dahinter träumen schlafende Menschen von wehvoller Vergangenheit und glücklicher Zukunft.

Da horchen sie plötzlich auf, die Menschen und die Amsel und die Rosen:

Dort im Garten geigt einer! Herrlich, jubelnd schwingen sich die Töne zum nächtlichen Himmel auf, schwebend, springend, aufhüpfend und trillernd wie Lerchen der Nacht.

Tasso spielt!

Rings wird es hell; leise bewegen sich die Jalousien, und dahinter halten Menschen in Nachthemden den Atem an …

Nun ist's wieder still — da:

> «Schließe die Äuglein, herziges Kind;
> Warte, ich küsse sie zu Dir geschwind!
> Scherzen und Spielen hat nun ein End,

*Falte die Hände fromm und behend!»*
*«Sandmännchen lauert schon hinter der Tür;*
*Richtig, da kommt er schon schalkhaft herfür!*
*Berge Dein Köpfchen rasch in den Flaum,*
*Träume vom Christkind und Weihnachtsbaum!»*

Übermütig sprudelt das Lied aus fröhlichen Studentenkehlen, und feine herrlichen Akkorde verschwinden wie Elfenreigen im Dunkel der Nacht...

«Das sind die vier Schweizer!»

Irgendwo hat's jemand leise gesagt, und die Kunde flattert wie eine Fledermaus von Fenster zu Fenster.

Frau Zirler ist hochentzückt; nicht etwa von Musik und Gesang — O nein! Aber sie hat in der Umgebung die neugierig klappernden Fensterläden gesehen, die wie Augengendeckel auf und zu klappten. Sie reicht denn auch den vieren — und zuletzt auch dem Maler — recht herzlich die Hand.

Im Salon sind noch andere Gäste, unter anderm auch ein Herr Professor, den Krach noch seit seinem letzten Examen in schmerzlich-süßer Erinnerung hat; er ist etwa 50 Jahre alt und noch ziemlich gut erhalten. Mit seinen «Seehundschnäuzen» und seinem roten Gesicht gleicht er aber eher einem abgesoffenen Kutscher als einem würdigen Vertreter der Alma Mater. Wie sind aber die vier und der Fünfte erst überrascht, als sich der Herr Professor als Bräutigam der Hedwig Zirler vorstellt! Tasso vergisst den Mund zu schließen, Krach macht ein Gesicht, als ob er diesen Jonas verschlingen wolle, und nur Perkeo stellt sich frech vor ihn her, ihn von oben bis unten betrachtend, als ob er ihn kaufen wolle:

«Krach!», wendet er sich an diesen.

«Bitte?»

«Weißt du auch, warum der alte Narr von St. Urban nicht geheiratet hat?»

«Wie sollte ich?»

«Er hat gesagt: Ich habe mir die Frage lange und gründlich überlegt; aber als ich endlich einsah, dass das Heiraten für mich ein Glück sei, da war ich wieder in der Kindheit!»

«Wie heißt der Kerl?», fragt nun auch Raphael im Flüstertöne.

«Professor Dr. Seicht!»

«Den Mann muss man sich merken!»

«Zeichne ihn ab, Raphael!»

«Sofort! Gibt mir ein herrliches Motiv für einen ertrunkenen Schnapsbrenner!»

Man singt und lacht und geigt und tanzt — Krach und Perkeo sind natürlich wieder die Helden des Tages. Wie der Erstere nach einem Walzer die Tochter des Hauses an ihren Platz begleitet, nimmt er seine Schöne verstohlen bei der Hand und wagt in Ermangelung eines lichtvollen Gedankens die Frage:

«Fräulein sind scheint's verlobt?»

«Ja — ich bin verlobt!», kommt es wie ein leises Wimmern über die blühenden Lippen. Krach merkte am Tone, wie viel es geschlagen hat und die kleine Hand an seine Heldenbrust gedrückt, geht er einen entscheidenden Schritt weiter:

«Fräulein Zirler! Darf ich Sie etwas fragen, so recht aufrichtig nach derber Schweizer Art?»

«Bitte?»

«Fräulein Zirler! Wie können Sie, so jung und schön — das schönste Mädchen von ganz Tirol und Vorarlberg — einen solchen Seehund zum Altar schleppen? Haben Sie schon je gehört, dass ein Paradiesvogel mit einem Krokodil ins Wasser gegangen sei?»

«Mama wünscht es!»

«So, so! Das wird wohl heißen: Mama befiehlt es?»

«Sie täuschen sich nicht mit dieser Annahme!»

«Mir unbegreiflich!»

«Wenn Sie Mama kennen würden, so wäre das Rätsel gelöst. Er hat … Geld!»

«Pah! Ich auch! Nur etwas weniger! Wie kann Mama so herzlos sein; das ist ja eine wahre Rabenm… Pardon! Aber sein eigen' Fleisch und Blut so zu verschachern, das nenne ich … «

«Sie ist meine Stiefmutter!»

«Alle tausend Teufel! Morgen braue ich ein Gift zusammen, welches Meilensteine umlegt! Wann soll denn die Hochzeit stattfinden?»

«Gleich nach Ostern!»

«Donnerwetter, da heißt es schnell handeln!» – «Wie meinen Sie das?»

«Der Lindwurm darf Sie nicht rauben! Eher werde ich den heiligen Georg spielen und meinen Speer mit Drachenblut färben! Fräulein, haben Sie Vertrauen in die Schweizer! Irgendetwas muss geschehen!»

«Ich sehe keinen Ausweg!»

«Ich schon!»

«Wie? Was meinen Sie?»

«Werde mir die Sache gründlich überlegen; Perkeo und ich sind noch allen technischen Schwierigkeiten gewachsen gewesen! Übrigens: Warum lassen Sie sich das gefallen?»

«Wenn ich mich widersetze, so wird Mama mich verstoßen und meinem Bruder, der in Bonn studiert, das Studiengeld entziehen!»

«Die liebe Seele!»

«Ich glaube, sie will mich nur los sein und die Verpflichtungen gegen meinen Bruder als Heiratsbedingung meinem Zukünftigen übertragen.»

«Ah! Da pfeift der Dudelsack! Warum nimmt sie ihn nicht selber, die alte Lawine?»

«Sie hat andere Heiratsaussichten!»

«Hm! Die Geschichte wird schon komplizierter! Aber seien Sie guten Mutes! Kopf hoch und lustig voran! Sie kommen doch an den Fastnachtsabend der Schweizerschaft?»

«Gewiß! In Schweizer Tracht, als Walliserin!»

«Bravo! Da kommt mir ein herrlicher Gedanke!»

«Ja?»

«In einigen Tälern des Wallis herrscht noch die Sitte, daß die Älpler ihre Bräute auf einem Tragräf zur Kirche tragen, oft Stunden weit! Fräulein Zirler! Ich trage Sie als Walliser Senne auf den Schweizerball!»

«Was fällt Ihnen ein! Ich bin ja verlobt! Das würde einen schönen Krach geben!»

«Krach hin und Krach her! Ich übernehme die volle Verantwortung! Wissen Sie, ich bin auch so gut wie verlobt, und da hebt sich's wieder auf — Im äußersten Notfälle kann ja der Professor Seicht meine Julia heiraten; die wird ihm schon zeigen, wie der Teufel Fußball spielt! Perkeo!»

«Bitte?»

«Her mit dir!»

Der Gerufene rückt mit Raphael an, und wie ihnen Krach seine «herrliche Idee» offenbart, sind sie selbstverständlich Feuer und Flamme. Sie reden der armen Schönen solange zu, bis sie endlich den Vorschlag macht, Mama zu fragen. Perkeo übernimmt die Mission. Schneidig stellt er sich hin und trägt sein resp. Krachs Anliegen vor. Da kommt er schön an!

Sie betrachtet ihn durch ihr Lorgnon wie durch ein Vergrößerungsglas … und ihre Hängebacken scheinen länger zu werden:

«Eine solche Zumutung! Diese Gem… Hedy wird sich doch gegen solche Bierideen verwahrt haben?»

Da kommt auch Professor Seicht heran:

«Liebe Mama, es ist bereits ein Uhr! Ich glaube, unsere Hedy ist schon ganz müde vom vielen Tanzen!»

«Auf keinen Fall!», repliziert der Kleine.

«Sie scheint aber sehr mitgenommen!»

«Pah! Sie scheint daran gewöhnt zu sein, an das Mitgenommen werden!»

«Herr Student», entgegnet Mama scharf, «Sie machen sehr gewöhnliche Bemerkungen!»

«Aus Zuvorkommenheit, Madame! Der alte Narr von St. Urban hatte einmal gesagt: Wenn man vor Damen geistreich spricht, wird man gewöhnlich nicht verstanden!»

Und fort war er, der kleine schlagfertige Perk.

Wie er nachher die Hedwig nochmals zum Tanze führt, lacht diese mehrmals fröhlich auf, so dass Krach zu träumen glaubt. Wie ist er aber erst erstaunt, als Perkeo sie am Schlusse seinem Busenfreund zuführt mit den Worten:

«Fräulein Hedy ist mit der Brautfahrt einverstanden!»

«Ist's möglich, Fräulein Hedy?», fragt er entzückt.

«Ja, Herr Krach! Aber Mama darf nichts davon wissen!»

«Selbstverständlich! Aber — wo darf ich Sie abholen? Hier scheint die Luft nach faulen Äpfeln zu riechen!»

«Im Hofgarten, am südlichen Eingänge! Dort ist es dunkel, und die vielen Ruhebänklein ermöglichen ein bequemes Einsteigen in Ihre tragbare Brautkalesche!»

«Donnerwetter, ja! Das ist fein ausgedacht!»

«Also Dienstagabend, Punkt 8 Uhr! Lassen Sie mich nicht zu lange warten; es wird kalt sein!»

«Ich werde schon vorher dort sein!»

Mit siegreicher Wonne im Herzen kehrt der Dicke mit seinem Unzertrennlichen diesen Morgen heim.

«Aber weißt du, Perk! Die Julia darf nichts von diesem Braten riechen, sonst wird die Geschichte brenzlig!»

«Selbstverständlich!»

«Aber — hm! Eine Schwierigkeit!»

«Schwierigkeiten — Pfui!»

„Ich habe nämlich der Julia versprochen, sie an diesem Abend mitzunehmen!»

«Sehr einfach: Ich berichte ihr an jenem Nachmittag, dass du im Bett liegest. Das ist ja kaum gelogen; denn deine Wachsamkeit beschränkt sich ja gewöhnlich auf die Nachtschicht und ohne dich wird sie ja nicht hingehen!»

«Ja so gehts, Perk! Du bist halt doch ein Teufelskerl Aber wie hast du nur ums Himmels willen die Hedwig drangekriegt?»

«Ich habe ihr einfach erklärt, dass ich erstens die Verantwortung übernähme, und zweitens hat unser Farbenfresser mit dem lebenslustigen Professor dicke Freundschaft geschlossen und ihm fast mühelos die Idee beigebracht, den Walliser Senn selbst zu spielen! Du bist dann einfach der Erste!»

«Teufel! Perk, an meine Brust!»

«Wenn du alsdann die schöne Hedwig zuerst abholst, so kann sie einfach erklären, sie hätte dich für den Seehund gehalten und ist fein 'raus!»

«Kleiner! Kerl! Einen Kuss sollst du haben. Nun kann's nicht mehr fehlen! Alle Wege sind geebnet!»

So sprach der schlaue Perkeo, ohne eine Miene zu verziehen. Krach aber rollte sich vor Freude noch im Bette zusammen wie ein Igel.

Der verhängnisvolle Abend naht heran!

Um 8 Uhr sollte also die berühmte «Brautfahrt» vor sich gehen. Etwa fünf Minuten vorher erscheint bei Familie Zirler der — Raphael! Frau Zirler schaut ihn verwundert an.

«Frau Zirler, entschuldigen Sie», fängt er hastig an, sich trotz der Kälte die Stirne wischend. «Gestatten Sie eine etwas unbescheidene Frage: Sie wollen doch mit Fräulein Tochter den Schweizer Abend besuchen, nicht wahr?»

«Gewiss! Herr Professor Seicht wird uns begleiten!»

«Dies scheint mir nun ausgeschlossen!»

«Wie?»

«Frau Zirler! Meine Ehre gebietet mir leider, Ihnen eine zwar unbedeutende, aber doch schmerzliche Mitteilung zu machen! Auf dem Wege vom Hofgarten her begegnete mir soeben eine schmucke Walliserin!»

«Jesses! Was — Waaaas soll denn das nur heißen?»

«Ich denke mir, dass die «Brautfahrt» — Sie wissen ja! — dass diese Mimik nun doch stattfindet!»

«Himmel! Daaas — Das ist ja ganz und gar unmöglich!»

«Die Kontrolle der Möglichkeit muß ich nun leider Ihnen selbst überlassen — Gestatten Sie, dass ich mich nach getaner Pflicht zurückziehe. Auf Wiedersehen, Frau Zirler!»

«Gott, welch eine Prüfung mit so gut erzogenen Kindern! Herr Raphael, ich danke Ihnen so sehr!»

«Bitte, bitte, gerne geschehen!»

Von der Familie Zirler weg rennt der Farbenakrobat sofort zum «Schwarzen Kater»! Fräulein Julia saust um das Büffet herum wie eine aufgestöberte Wespe.

«So so, da kommt auch so einer!», begrüßt sie ihn bitter und spült dabei die Gläser, dass ihm das Wasser ins Gesicht spritzt.

«Was für einer, Fräulein Julia?»

«So einer, der jeden Abend auf die Mondjagd geht und dann, wenn man sich mal ehrlich auf ein Vergnügen freut, einen im Stiche lässt und ins Heu kriecht!»

«Wer soll denn ins Heu gekrochen sein, Fräulein Juhulia?» «Wer? — Wer? —Frag doch nicht so sackdumm! Du weißt es wohl!»

«Auf Ehre nicht!»

«Was? Du solltest nicht wissen, dass der Dicke heute Abend einen alten Kater ausbrütet, der Halodri!»

«Das ist mir wahrhaftig das Neueste! Vor einer Viertelstunde sah ich ihn als Walliser Senne mit einem Tragräf nach dem Hofgarten pilgern!»

Julia lässt ein großes Bierglas fallen und wischt sich die Hände an der Schürze ab:

«Als Walliser Senne? Mit einem Tragräf? Nach dem Hofgarten? Sind Sie nüchtern?»

«Total! Habe heute kaum so viel getrunken, dass man damit einen Pinsel befeuchten könnte!»

«Aber — aber! Was soll denn nachher diese Narrenhatz bedeuten?»

«Er will doch dort seine «Braut» abholen!»

«Seine ...?»

Julia ist blass geworden wie ihr weißes Brusthemd.

«Er und Fräulein Hedwig Zirler haben doch eine Walliser Brautfahrt verabredet! Er will sie auf dem Tragräf nach dem „Schwarzen Adler" tragen!»

«Da hört ...! Jetzt sag i aber gar nix mehr!», keucht sie in ihrem Dialekt. «Für so schlecht habt ihn nit ghalten — den nit! Wart! I will ihm gleich sagen, was er ohne Verpackung wert ist! Der falsche, meineidige Haderlump!»

«Guten Abend, Fräulein Julia!»

«Verdufte nur! Du bist kein Haar besser! Werde nun mal ein Exempel statuieren! Schluss!»

«Aha! Ich liebe den Verrat! Doch hasse ich den Verräter! Sprach Kaiser Napoleon!»

Und majestätisch schreitet er hinweg.

Unterdessen ist Krach mit Tragräf und klopfendem Herzen am Hofgarten angekommen. Ob sie wohl kommen wird, die schmucke Walliserin? Ja, wahrhaftig, dort kommt sie angesegelt, elegant wie eine Gemse beim Frührotschein. Krach küsst ihr ritterlich die fein behandschuhte Hand und fasst sie treu ins Auge:

«Fräulein Hedy! Das werde ich Ihnen nie vergessen! Ich bin einfach närrisch vor Freude! Ist die Sache unbemerkt geblieben?»

«Ich glaube, ja!», haucht sie verschämt.

«Gehen wir gleich; es ist etwas kühl hier! Halleluja, werden wir Furore machen! Perkeo wird vor Neid zusammenschrumpfen, wie ein angeschossener Ballon! Nun kann es nicht mehr ... Knallgas und Dynamit! Was ist denn daaas?»

Aus dem nebligen Dunkel kommt eine keuchende Gestalt herangeflogen, wie eine reitende Hexe der Walpurgisnacht ... Frau Zieler!

Sie ist so außer Atem, dass sie kein Wort herausbringt. Wie in einem Erstickungsanfalle hält sie die Hände auf die fliegende Brust gepresst:

«He — He — Hedwig! Entweder — h — h — h — kommst du jetzt mit mir h — h — h — heim — oder dann — nie mehr!»

«Gut», erwidert die Schöne im höchsten Fisteltone, wie es bei Masken üblich ist. «Ich befolge deinen Rat, Mama: Entweder komm ich, oder ich komme nicht!»

«Hedwig! Was ist nur in dich gefahren! Du bist wahnsinnig! Hedwig, um deiner Ehre willen! Der Herr Professor!»

«Meinetwegen — Ich habe genug Rindfleisch! Nimm dir den Kaffer selber, alte Melone!»

«Unverschämter Mensch!»

„Aufgepuderte Vogelscheuche, alte Lokomotive! Weißt du nicht, du abgestandene Pappel, dass ich bereits mündig bin?

Herr Krach, bitte, auf die Knie, dass ich einsteigen kann. Lassen wir die alte Ziehharmonika fauchen. So, bon!»

Die redegewandte Braut steigt mit einem eleganten Ruck auf das Tragräf und — Himmel — das geht denn doch schon ins Aschgraue … macht noch eine lange Nase!

Der Senne verschwindet mit seiner teuren Last, und Frau Zirler bleibt verständnislos stehen wie Lots Weib, das bekanntlich in eine Salzsäule verwandelt wurde. Eben hat das Orchester seine Ouvertüre beendet, die Schweizer Studenten begrüßen ihre Gäste aus der Altherrenschaft und lieben Bekanntenkreisen — da kommt der Walliser Senne mit seiner auserkorenen Braut daher gepustet. Unter dem unbeschreiblichen Jubel der Gäste zieht er jodelnd und jauchzend um die Tische herum. Aber sein wilder Triumph über den Raub der Sabinerin währt nicht lange; denn wie er die holde Alpenblume abgestellt hat, steht die geliebte «Schwiegermutter» Zirler wieder vor ihm. Dem Dicken wird's etwas unbehaglich zumute, denn der Rachegeist da vor ihm scheint aus ihren Augen Feuer zu sprühen und aus dem Munde Gift zu spucken und hinter ihr steht wie ein blitzgeladener Zeus Professor Seicht!

«Herr», spricht sie den Älpler an, «wie Sie auch heißen mögen, machen Sie kein Aufsehen, dass wenigstens nach außen der Schein der Ehre gewahrt bleibt, und du … Ehrvergessene, kommst unauffällig mit! Die Kutsche wartet unten!»

Damit packt Sie die Walliserin beim Handgelenk. Doch da tritt ein neues, unerwartetes Ereignis ein:

Durch das Portal fliegt mit hochgeröteten Wangen eine Gestalt herein – die Julia, Furie Nr. 2! Krach zuckt zusammen wie ein angefahrener Schneemann; kalter Todesschweiß perlt von seiner Stirne, und seine schönen Älplerhosen scheinen zu schlottern. Mit eingestemmten Fäusten stellt sich die beleidigte Tirolerin vor das Paar hin und betrachtet sie einen Augenblick wortlos und mit gepressten Lippen.

«Du musst dir nicht etwa einbilden», bricht es aus ihr heraus, «dass ich deinetwegen gekommen sei! Du bist mir Luft! Aber ich wollte mit eigenen Augen sehen, ob die Rotbemützen wirklich im Taglohn Meineide schwören.

Und du, ehrloser Mensch, sollst nun der Gesellschaft zeigen, wer du bist!»

Ein Sprung! Ein Griff! — und die hochergrimmte Amazone hat der schönen Walliserin die Maske vom Gesicht gerissen.

Einen Herzschlag lang hat der Festtumult ausgesetzt, eine panikartige Stille ist eingetreten. Dann aber braust es durch den Saal wie das Tosen eines Orkans.

Unter dem Blumenhute der «schönen Walliserin» grinst das breitgezogene Gesicht Perkeos in die Welt hinaus wie eine frischgestrichene Mondscheibe!

Krach schaut drein, als ob er soeben auf die Welt gekommen wäre. Durch den Saal aber braust es wie Eichenrauschen:

«Hoch die flottesten Kerle der Alma Mater!»

Mitten in den Trubel hinein kommt vom Portal her eine zweite Walliserin daher getänzelt, direkt auf Frau Zirler zu: «Aber Mama, das war nicht schön von dir! So allein fortzugehen und mich oben im Zimmer zu lassen! Ich bin ernstlich böse!» So heuchelt die schöne Hexe! Mama ist ganz baff und tut einen tiefen, tiefen Atemzug. Sie ahnt nicht, dass ihre schlaue Stieftochter sich nur für einen Gegendienst zu dieser Komödie verstanden hat!

Und Julia? Tieferschüttert reicht sie dem strammen Walliser Senn ihre schöne Hand, ebenfalls ohne zu ahnen, dass es der Schwerenöter gar nicht verdient hat. Dieser aber erwacht wie aus einem Traume. Dort zerrt er seinen kleinen Busenfreund auf die Seite:

«Perk! Verfluchter Kerl! Ich weiß nur eines nicht: Soll ich dich zu einem Fettfleck zusammenhauen oder umarmen! Das ist denn doch das Höchste, was du — du und ich bisher geleistet haben. Aber zum T...! Wo ist denn unser lieber Raphael, der Windhund?»

«Psst! Gleich wird er den zweiten Teil der Tragödie einleiten. Schau! Dort kommt er!»

«Wo?»

Der treulose Bräutigam

Durchs Portal kommt wie strahlendes Morgenrot eine Dame von tadellosem Wuchs geschritten, selbstverständlich maskiert, und hinter ihr her wie der Sieger von Salamis — Raphael, der «Windhund.»

«Wer ist die Dame?», fragt Krach.

«Psst! Maul gehalten! Das ist unser — Tasso!»

«Mir steht der Verstand still!»

«Bald wird er rückwärtsgehen, dein Verstand, wenn du erfährst, was für eine herrliche Aufgabe unser Tasso heute noch zu lösen hat!»

«Perk! Ihr seid nicht ehrlich gegen mich! Alles hinter meinem Rücken! Was soll die Affenkomödie?»

«Krach! Du weißt, dass wir unter uns keine Heimlichkeiten haben! Aber du musst selber gestehen, dass der erste Teil nicht so herrlich ausgefallen wäre, wenn wir dich eingeweiht hätten!»

«Und nun?»

«Höre, mein Sohn: Ich habe in Erfahrung gebracht — das «Wie?» bleibt Nebensache — dass unser hochverehrte Herr Professor ebenso sehr für das Geld schwärmt wie für das schöne Geschlecht. Darauf bauen wir unsern Plan: Tasso soll sich unbemerkt an ihn heranmachen und ihm eine Million vorschwindeln. In der Fastnacht darf man sich schon so per Jux ein bisschen versohlen. Wenn der Plan gelingt, so ist die Hedwig Zirler noch vor 12 Uhr von dem Walross befreit. Wenn nicht, so ist es eben nur ein folgenloser Fastnachtsscherz!»

«Knallgas und Dynamit! Da tu ich mit Perk! Lieber Perk! Kann ich dabei nicht auch eine Rolle übernehmen?»

«Selbstverständlich! Wie stehst du zu Professor Seicht?»

„Am liebsten mit dem Rücken! Aber wenn es sein muss, werde ich ihm noch heute mein Anrecht eingestehen und ihn als eine Leuchte der Wissenschaft erklären! Weißt, Perk! Wenn man einen Schnorrifax von dieser Seite nimmt, dann streckt er sich wie ein Regenwurm und bekommt das Trunkenelend!»

«Bon! Du schlängelst dich sofort an ihn heran und machst ihn gelegentlich auf die reiche, hübsche Dame aufmerksam!»

«Im Taglohn werde ich ihn versohlen! Aber — soll ich die Dame kennen?»

«Natürlich! Sie ist ja die einzige Tochter des Metzgers Schobinger in Luzern!»

«Des Verstorbenen?»

«Pah, das weiß der Orang nicht!»

«Gut! Und wie viel hat sie?»

«So bis auf drei Millionen kannst du schon gehen!»

«Wie alt?»

«Hm! Tasso hat seinen Schnurrbart geopfert; er wird als Dame so an die 20 scheinen!»

«Wie wurde ich mit ihr bekannt?»

«Tölpel! Wenn du dich da nicht zurechtfindest, so lass dein Hirn als Kunstdünger verkaufen. Aus Wiedersehn!»

Krach geht nun direkt auf sein Ziel los, d. h. auf Professor Seicht:

«Herr Professor! Es gibt doch unverschämte Menschen!»

«Bitte, Herr ...?»

«Denken Sie: Professor Blechinger in Straßburg veröffentlicht in seinem Buche Ihre Idee von der physiologischen Teleologie des Labfermentes im Magensaft, die Sie schon vor mehreren Monaten vertreten haben, als seine eigene — und dazu macht der schofle Kerl noch die schnöde Bemerkung, dass er durch eine Schrift aus dem Jahre 1628 auf diesen Gedanken gekommen sei!»

«Ah? Wie sollte das möglich sein?»

«Ist das Rhinozeros etwa Ihr Schüler gewesen, dass er diese Idee mausen konnte?»

«Hm — chrm — hm! Das gerade nicht, aber er mag wohl mit meinen Schülern zusammengekommen sein!»

«Beim Schinderhannes! Sie können recht haben! Werden Sie ihn nicht wegen Aneignung von geistigem Eigentum zur Rechenschaft ziehen?»

«Pah! Mag der Kerl sich mit fremden Federn brüsten! Dies war eine meiner unbedeutendsten Entdeckungen auf dem Gebiet der organischen Chemie!»

«Donnerwetter! Wer auch so sprechen könnte! Werden Sie wohl diese Erfind...

diese Entdeckungen in der «Chemischen Revue» publizieren?»

«Sobald der siebzehnte Folioband über meine neueste Äthertheorie fertiggestellt sein wird!»

«Der siebzehnte Fol – Herrgottfriedstutz! Mir wird ganz schwindlig! Wissen Sie, Herr Professor, wenn man Sie über Ihre spekulative Chemie vortragen hört, so fühlt man sich wieder einmal so recht klein, und wenn ich vor dem Examen an ihre Türe klopfe, so fährt es mir ganz kalt über den Rücken! Ich glaube fast, Ihr Geist durchleuchtet die chemischen Verbindungen wie Röntgenstrahlen!»

«Das hängt viel ab von der Übung — und selbstverständlich auch von der chemischen Zusammensetzung der Gehirnsubstanz. Ein Mensch, der nicht über ganz außerordentliche Geistesgaben verfügt, soll überhaupt nicht Chemie studieren, und auch von diesen werden kaum alle Jahrhundert einer, höchstens zwei tauglich für den Lehrstuhl!»

«Leider, ja! In diesem neuen Jahrhundert werden Sie wohl der Letzte sein! Ich wenigstens schätze mich glücklich, noch zur rechten Zeit auf die Welt gekommen zu sein, um Sie zu hören. Wenn meine Großmutter nicht schon in jungen Jahren geheiratet hätte ...Teufel! Jetzt tanzt dort wahrhaftig der öde Kerl mit Fräulein Schobinger!»

«Wer?»

«Dort! — Der Gartenhag-Anstreicher, der Windhund!»

«Wer ist das Fräulein? Scheint sehr distinguiert zu sein! Allerdings trägt sie eine Maske, und dahinter kann allerlei verborgen sein!»

«Ein Engel der Schönheit!»

«Nur schade, dass diese Engel der Schönheit den irdischen Gütern meistens entrückt sind!»

„Diesmal befindet sich der Herr Professor in einer angenehmen Täuschung!"

„Ah, sie hat Metallverbindungen?"

„Sogar Elemente von Edelmetallen und Goldlösungen in Königswasser!"

„Na, wie hoch beläuft sich denn ihre Valenz? Ist sie vielwertig!"

«So an die sieben Millionen!»

«Sieben — sieben — Mill... »

Mehr bringt Professor Seicht nicht heraus; die Millionen scheinen ihn wie Reisknödel zu würgen.

«Ja, sieben Millionen!», fährt Krach kaltblütig fort, indem er seinen Älplerkloben stopft. »Überdies ist ihr Herr Papa Direktor der Seethalbahn, welche ungeheure Dividenden verteilt. Auch die Aktien der Schokoladenfabrik von Hochdorf befinden sich nun fast vollständig in seinem Tresor!»

«Wie wurden Sie mit der Dame bekannt?»

«Ich war mit ihr in der gleichen Schulklasse; sie hat mir gewöhnlich die Aufsätze abgeschrieben. In Griechisch und Hebräisch gab ich ihr Privatstunden!»

«Griechisch und Hebräisch? Wozu lernte sie denn diese Sprachen?»

Krach kratzte sich in den Haaren; nun war er doch etwas zu weit gegangen!

«Nun, hm», fährt er nach einer kleinen Kunstpause todesmutig weiter. «Ich denke mir, wohl deshalb, weil ihr Papa viel mit Juden der Hochfinanz verkehrt und in Griechenland einige Sommersitze hat.»

«Gewöhnlichen Sterblichen wird sie sich aber kaum vorstellen lassen?»

«Oh, warum denn nicht? Sie ist sehr einfach erzogen und über die Maße leutselig.

So zwei wie wir zwei. Für chemische Probleme hat sie sich von jeher interessiert.»

«Warum wohl?»

«Na – weil sie meine Schülerin war und ich schon damals für diese Wissenschaft schwärmte!»

«Sie scheinen also nicht ohne Einfluss auf sie zu sein?»

«Sie ist noch immer im Banne meiner Autorität und liest mir jeden Wunsch von den Augen ab!»

«Warum heiraten Sie denn das Goldfischchen nicht?»

«Aus verschiedenen Gründen: 1. Schiene mir das ein Missbrauch meiner Autorität. 2. Will ich mich nicht vom Geld meiner Zukünftigen abhängig machen. 3. Bin ich leider schon versehen und 4. Könnte ich ihr jetzt noch nichts bieten! Da müsste schon ein Mann mit Namen, eine Autorität auf dem Gebiet der Wissenschaft her. Nur einen solchen würde sie als Gleichgewicht ihres Mammons betrachten. Wünschen der Herr Professor ihr vorgestellt zu werden?»

«Ich bitte sehr darum!»

«Einen Augenblick, Herr Professor! Ich werde zuerst mit ihr einen Tanz machen und sie Ihnen dann wie zufällig vorstellen. Also auf Wiedersehn!»

«Auf Wiedersehn! Sie verpflichten mich zum größten Danke!»

Krach geht. Selbstverständlich muss er zuerst mit «ihr» tanzen, um ihr Verhaltungsmaßregeln für seinen Schwindel geben zu können.

Professor Seicht, der bis jetzt abseits bei einigen Kollegen saß, zuckt nervös mit den fleischigen Fingern über seine weiße Galaweste, um sich für den Empfang der hohen Dame auf die Tadellosigkeit seiner Toilette zu kontrollieren. Dann holt er verstohlen einen Taschenspiegel hervor, streicht seinen halbroten Schnurrbart auf zehn Uhr zehn Minuten, zwickt mit der Taschenmesserschere sorgfältigst eine widerspenstige Einzelborste weg und lässt versuchsweise seine Gesichtsmuskeln spielen. Die Pose des tiefsinnigen Forschers gefällt ihm am besten.

Da — dort kommen sie, Krach und Fräulein Schobinger, sie etwas zurückhaltend, und Krach mit ermutigenden Gebärden, als ob er ihr Mut zusprechen würde.

«Herr Professor Seicht!», spricht er ihn mit einer devoten Rumpfverbeugung an. «Gestatten Sie, dass ich Ihnen meine Landsmännin, Fräulein Schobinger, vorstelle!»

«Gereicht mir zur unverdienten Ehre, Fräulein! Professor Seicht!»

«Ah!», kommt es süß zwischen den Maskenlippen hervor. «Ist das etwa der berühmte Professor, (zu Krach gewendet) von dem du mir immer so begeistert vorgeschwärmt hast? Das wäre mir allerdings eine freudige Überraschung!»

«Genieße sie in vollen Zügen, diese Überraschung, denn er ist's. Entschuldigen Sie gütigst, Herr Professor, ich möchte noch ein bisschen Krawall machen!»

«Oh, bitte, bitte!»

Krach geht sofort zu seinen Mitverschworenen und macht sie mobil: Einer nach dem andern muss sich an das plaudernde Paar herandrängen und der Fräulein Schobinger die Cour schneiden. Aber die Schöne ist so intensiv in ihre wissenschaftlichen Gespräche vertieft, dass sie sich nicht stören lässt. Tasso muss die letzten Reste seiner chemischen Kenntnisse, die er noch von der Matura her gerettet hat, zusammennehmen, um seiner Rolle gerecht zu werden.

Da tritt der Maler keck vor sie hin:

«Fräulein Schobinger, darf ich Sie um den nächsten Tanz bitten?»

«Sie kommen mir geschliffen, Herr Pinsel! Tanzen kann ich immer noch, und Sie genießen auch! Aber ein so seltener Genuß wie hier dürfte sich mir kaum mehr bieten. Sie entschuldigen wohl, Herr Pinsel!»

«Natürlich! Wenn man sich in ein so großes Tier vergafft hat, ist der arme «Pinsel» nur ein Laternenanzünder! Ich bitte um Entschuldigung, Fräulein Hochstraßer!»

«Schobinger, bitte! Ihre Ideenverbindungen scheinen bereits den Veitstanz zu haben — gute Besserung!»

«Danke, Fräulein Schumacher!»

«Nun aber verschwinden!»

«Servus! Ich gehe ins Wasser!»

«Aber schon besser nicht ins gebrannte!»

«Ich werde mich rächen für diesen Korb! Auf Pistolen fordere ich …!"

«Nun aber Schluß! Leeren Sie Ihren Farbenkittel anderswo!»

«Fräulen! Ich werde Sie malen! Adieu!»

Kaum ist er verschwunden, so kommt Krach wieder daher gesegelt:

«Fräulein! Eos! Du musst unbedingt zu uns herüberkommen; die ganze Gemeinde erwartet dich mit Sehnsucht!»

«Deine 'Gemeinde' kann mir heute so 'n bisschen gestohlen bleiben!»

«Sehr liebenswürdig!»

«Allerdings finde ich es sehr liebenswürdig, dass man mich nach kaum einer Viertelstunde von einer so feinen Unterhaltung wegekeln will! Du bist wohl eifersüchtig auf deinen Herrn Professor, was?»

«Das könnte wohl passieren, wenn ich dein Herz nicht durch und durch kennen würde!»

«Was? Was verstehst du denn von meinem Herzen!»

«Ich weiß, dass es kalt ist wie Marmor! Wenn du nur noch für höhere Dinge schwärmst, so landest du zuletzt noch in Baldegg oder Ingenbohl!»

«Jedenfalls eher als in deiner Apotheke! Wo waren wir nur, Herr Professor?»

«Bei der Theorie Feesnels über die Konzentration des Äthers bei der Bildung der Urelemente!»

«Die Großartigkeit dieser Auffassung – nun, was stehst du denn noch hier?», fährt sie den Dicken an.

«Soll ich etwa liegen? Zu Ihren Füssen?»

«Herr Professor! Darf ich Sie bitten, mich ins Chambre Separee zu begleiten?»

«Mit Vergnügen!»

Krach schaut ihnen nach wie ein Fuchs, der auf die Hühnerjagd ausgeht:

«Ich glaube, der Tag ist nicht mehr ferne, an dem Israel eine Beute der Philister sein wird!», grinst er fröhlich und geht wieder zu seiner zerknirschten Julia.

Unterdessen sitzt die liebliche Hedwig Zirler einsam und verlassen da. Sämtliche Tanzanträge der schneidigsten Studenten hat sie abgelehnt — mit blutendem Herzen, aber es stand heute so für sie auf dem Programm. Nun rollt sogar eine Träne über ihre Wange. Es hat viel gebraucht, bis sie kam, aber es stand ebenfalls so auf dem Programm. Mama sieht sie und fragt gegen ihre Gewohnheit mit augenscheinlicher Teilnahme:

«Aber, Hedy, was ist dir? Bist du wieder melancholisch!»

«Wie soll man da nicht melancholisch werden, wenn man das Opfer seines Lebens gebracht hat — dir zu Liebe, Mama, du weißt es wohl. Und wenn dann der zärtliche Bräutigam einen vernachlässigt und mit einer andern herumrudert, dass man sich vor allen Bekannten schämen muss!»

«Du hast recht, Hedy! Professor Seicht dürfte sich etwas rücksichtsvoller zeigen! Es ist ja zwar Fastnacht, aber immerhin ... wo ist er nur?»

«Soeben ist er mit ihr ins Chambre Separee verschwunden!»

«Ah! Das ist nun doch etwas stark! Gedulde dich einen Augenblick! Werde ihn gleich in den Senkel stellen!»

Frau Mama schwebt hoheitsvoll nach der blumenverzierten Ecke und trifft das Paar Hand in Hand. Professor Seicht ist zwar sehr geistesgegenwärtig und drückt ihre Finger wie versuchsweise nur noch fester:

«Fräulein, brauchen sich nicht zu beunruhigen! So eine kleine Verstauchung — luxatio pertransiens — wird bald wieder. Ah, Fran Zirler! Diese Dame — Fräulein Schobinger aus Luzern! — Frau Landrat Zirler! Dieser Dame ist ein wenig unwohl geworden!»

Frau Zirler misst sie durch ihr Lorgnon:

«Wünsche baldige Besserung! Herr Professor, unsere Hedwig sitzt so vereinsamt da und sehnt sich nach einem Tanze mit Ihnen!»

«Diese Sehnsucht nach mir erfüllt mich mit hoher Genugtuung! Es freut mich ungemein, dieses Wort aus ihrem lieben Mündchen zu vernehmen. Ich werde gleichkommen!»

«Soll ich vielleicht für das Fräulein einen Herrn der Medizin schicken. Das wäre wohl nicht ganz unpassend?»

«Bitte, bemühen Sie sich nicht, Frau Zirler! Der Anfall wird gleich vorüber sein!»

«Gut, Herr Professor! Ich hoffe wirklich, dass der Anfall — beim Fräulein natürlich — bald vorüber sein wird!»

Damit schreitet sie hinweg wie eine siegreiche Primadonna.

Professor Seicht scheint den «Anfall» wirklich bald überwunden zu haben, nämlich den Anfall seiner zukünftigen Schwieger-Stiefmutter; denn er fährt im seinem flüsternden Gespräche sehr eindringlich weiter:

« ... aber, Fräulein Schobinger, wie soll ich Sie beim verabredeten Rendezvous wiedererkennen, da ich Ihr jedenfalls liebholdseliges Gesichtchen noch nie gesehen habe? Fräulein Schobinger, würden Sie mir nicht ein kleines Opfer bringen und sich einen Augenblick demaskieren?»

„Da!»

Tasso schiebt die Maske weg und zeigt sein zwar markantes, aber wirklich schönes Frauenantlitz. Von Wein und Dunst ist es hold gerötet ... Ein entscheidender Augenblick!

Professor Seicht ist erst ganz verwirrt. Dann nimmt er «sie» wieder bei beiden Händen und gesteht mit einem tiefen Blicke in ihre Augen:

«Fräulein Schobinger! Die schöne Maske hat sie verunstaltet!»

«Sie Schmeichler!», haucht Tasso verschämt und schaut in holder Verwirrung zur Seite.

«Sie sind — Ich muss es Ihnen einfach sagen, Fräulein Eos! Sie sind das herrlichste Weib, das ich je angeschaut habe!»

Da erhält der verliebte Knabe einen leichten Backenstreich mit dem japanischen Fächer:

«Sie Schwerenöter! Sie wissen nur zu gut, dass ich gegen Sie doch nur ein junges, dummes Ding bin!»

«Und doch, oh Fräulein, Fräulein Eos, für dieses „junge, dumme Ding" würde ich mein Leben, mein Herzblut, ja sogar meine Wissenschaft hingeben ... »

«Aber, Herr Professor! Ich darf doch nicht glauben, dass Sie im Ernste sprechen! Ich, ein grüner, naseweiser Spatz, muss mich ja überglücklich schätzen, den Hauch Ihres Geistes, den Genius der gereiften Wissenschaft genießen zu können! Ich muss mich ja fast schämen, Ihre Zeit so allein in Anspruch genommen zu haben.»


«Oh, Fräulein Eos, wenn Sie ahnten, welch ein Wonneschauer mich durchbebt, wenn ich Auge in Auge, Land in Land mit Ihnen den seligsten Augenblick meines Lebens in beseligenden Zügen der Entzückung trinken darf! Nun könnte ich sterben. Eos! Mein Morgenrot!»

Was nun folgt, ist schwer zu beschreiben: Tasso fühlt in seinem Gesichte zuerst das Gekritzel einer abgetriebenen Mehlbürste, dann einen Atem von Weindunst und Zigarrettenqualm mit einer Einlage von Knoblauchgeruch und einem Unterton von hohlen Zähnen; endlich hatte er das Gefühl, als ob ihm ein nasser Fußball ins Gesicht geflogen wäre.

Der arme Tasso schließt die Augen mit einem Seufzer, der wirklich aus innerster Seele kam, aber immerhin geeignet war, den Anfall seines Partners nur umso intensiver zu gestalten. Zum Glücke für Fräulein Schobinger war es aber nur ein kurzer Traum, denn:

Am Eingang steht Frau Landrat Zirler zum zweiten Mal!

Ihre Hamsterwangen gleichen der Lefze einer Buldogge und ihre Augen denen eines alten Bernhardiners, der die Hundswut gekriegt hat. «Herr Professor Seicht!», faucht sie mit schneidender Schärfe, «Fräulein Schobinger scheint wohl diesmal ihre Nase verstaucht zu haben?»

«Frau Landrat!», fährt nun auch unser Musenvater auf. «Es wäre jedenfalls für Fräulein Schobinger weniger anstößig, ihre Nase zu verstauchen, als sie in die Privatangelegenheiten anderer Leute hineinzustecken!»

«Und es ist wohl auch nicht anstößig, seine Braut öffentlich sitzen zu lassen und mit einer sehr zweifelhaften Person ...»

«Frau Landrat!», fährt da Fräulein Schobinger auf. «Hüten Sie ihren Giftrüssel, sonst könnten Sie eine Überraschung erleben, die Ihnen den kostbaren Puder Ihrer Backentaschen wie eine Staubwolke fortwirbelt. Dieses Beinmehl in den Ackerfurchen Ihres Gesichtes ist eine Schädigung der Landwirtschaft!»

Frau Landrat Zirler zittert vor Wut!

«Sie! Sie gemeine Hochstaplerin! Was bilden Sie sich denn ein, Sie freches Mannsweib, dass Sie mich beleidigen könnten! Sie haben ja eine Stimme wie ein versoffener Holzhacker!»

«Und übrigens», erklärt Professor Seicht, «wird mein verlassenes Bräutchen wohl heute noch nicht ins Wasser gehn, wenn ich aus meinem und Ihrem Verhalten die äußersten Konsequenzen ziehe!

Ich habe durchaus keine Lust, eine bissige Kreuzotter zu meiner Schwiegermutter zu machen! Frau Landrat! Ich wünsche mit meiner Braut allein zu sein! Sind Sie einverstanden, Fräulein Schobinger?»

«Durchaus! Gibt es denn hier keinen Hausknecht?»

«Ich gratuliere dem edlen Paar!»

Damit verneigt sich Frau Mama hoheitsvoll und zieht sich diskret zurück.

Totenbleich langt sie bei Hedwig an.

«Hedy! Schlag dir den Professor nur aus dem Kopfe! Ich habe mich in seinen Qualitäten schwer getäuscht!»

Das arme Kind schluchzt herzzerbrechend, und seine Tränen sind diesmal nicht geheuchelt, denn es sind Tränen der Freude und der Erlösung.

Fräulein Schobinger hat sich ebenfalls verabschiedet, mit dem Versprechen auf ein baldiges Wiedersehn. Und «sie» hielt getreulich Wort; denn nach kaum einer Stunde kommt Tasso als Puszta-Zigeuner wieder und schmettert mit seiner Geige wildjubelnde Allegro-Phantasien in den Saal. Und wir dürfen auch verraten, dass er als Entschädigung für den Anfall des Herrn Professors von Hedy Zirler keinen Faustschlag erhalten hat.

Professor Seicht aber ist herrlicher Laune und traktiert im geschlossenen Zirkel seine «lieben, zukünftigen Herren Kollegen» mit knallenden Hochzeitsmörsern, die in der Champagne geladen worden waren.

Da erhebt Perkeo sein Glas zu einem Toast:

«Hochverehrter Herr Professor,

meine lieben Freunde!

Soviel mir aus der Situation klargeworden ist, haben wir Jungens alle Ursache, uns an unserem hochverehrten und weltberühmten Herrn Professor schwer zu rächen! Er hat uns nicht nur das schönste Mädchen des heutigen Abends total weggeschnappt, sondern ich fürchte auch, dass er es sogar behalten will. Da er aber den Angriffen unserer Rache seine schweren Geschütze entgegenstellt, so bietet uns höchstens ein Flankenangriff auf seine Kriegskasse eine Aussicht auf Erfolg und es bleibt uns nichts Anderes übrig, als den aufsteigenden Neid mit dem Balsam der Entsagung hinunterzuspülen. Fräulein Schobinger hat uns heute gezeigt, dass nicht nur Jugend und Schönheit, sondern auch ernste Wissenschaft und tiefgründiger Forschergeist auf die Frauenherzen wirken können! Die Männlichkeit ihres Auftretens und ihr Verzicht auf alle weibliche Ziererei haben uns bewiesen, dass sie Hosen anhat und für manchen Mann vorbildlich sein könnte. Ich glaube aus den Herzen aller zu sprechen, wenn ich unserm erfolgreichen Herrn Professor Seicht die besten Glückswünsche darbringe und dem Gedanken Ausdruck verleihe, dass er sein Los und sein Schicksal voll und ganz verdient hat. Ich glaube auch, ihm sogar eidlich versichern zu können, dass in ganz Luzern und den umliegenden Kantonen kein Mädchen den Vergleich mit seiner Zukünftigen aushält. Wenn je, so dürfen wir hier im besten und herrlichsten Sinne das Sprichwort anwenden: Gleich und Gleich gesellt sich gern. Und wenn mir zum Schlusse noch ein Blick in die Zukunft gestattet sei, so kann ich Ihnen, Herr Professor, als erstes Hochzeitsgeschenk die Überzeugung übermitteln, dass Fräulein Schobinger Ihnen als Ihre Gattin nie mit dem leisesten Hauch den Himmel Ihres Glückes trüben wird. Mit diesem Wunsche — nein, mit dieser Überzeugung erhebe ich mein Glas und lade meine Herren Kollegen ein, auf die späteren

Enkel des Herrn Professors Seicht einen gewaltigen Salamander zu reiben, dessen Kommando mir zur höchsten Ehre gereicht! Sind die Stoffe präpariert?

«Sunt!»

„Ad exercitium Salamandri!"

Mancher verschluckt sich, und Krach wischt sich, vor Rührung, wie er behauptet, die Tränen aus den Augen. Endlich erhebt sich der glückliche Herr Professor, etwas unsicher und verabschiedet sich. Krach gibt ihm das Geleite. Herr Seicht ist im siebenten Himmel Mohameds!

«Das ist sicher», sagt er das eine über das andere Mal, «das ist sicher: An meiner Hochzeit müsst Ihr alle dabei sein! Die Schweizer müssen singen, und der schwarze Geiger muss fideln, das ist sicher! Aber die Hand darauf, dass Sie kommen! Da muss was laufen; das ist sicher!»

«Herr Professor! Hier kommt noch ein Tritt!»

«Meinetwegen! Schwups! Der verdammte Champagner schlägt mir immer in die Beine!»

«Und mir in den Kopf!»

«Er schlägt — hujupp! — Er schlägt halt, schlägt halt jedem — holla! — jedem in den schwächsten Teil! Wa — was war das?»

«Sternenmillionen! So ein Lausbub hat einen Schneeball geworfen. Wollt Ihr ruhig sein, Ihr Hallunken dort hinten — Teufel! Hat's weh getan? Schon wieder! Ich ziehe meinen Revolver!»

«Nein, nein! Nur das nicht! Ich bin — ätsch — ich bin königlich kaiserlicher Professor! Sie wissen — au! — Schnell hinein!»

Professor Seicht schlummert in seligsten Träumen von einer wonnigen Zukunft. Nur einmal erwacht er und horcht; denn unter seinem Fenster singen zwei elende Krakehler:

«So leb denn wohl, du wunderschönes Gemsgebirg...!»

Ende!

## Krachs Münchner Fahrt

Mitternacht ist vorüber. Durch die dunkle Saggengasse schleichen zwei halbvermummte Gestalten: Krach und Perkeo, die zwei unzertrennlichen Studenten. Es gilt ein Rachewerk auszuüben für die sechs Kronen, die sie gestern — wegen nächtlicher Ruhestörung — der hl. Hermandad (Polizei) zum Opfer bringen mussten. Diesmal geht's direkt in die Höhle des Löwen, der hohen Stadtpolizei! Lautlos schleichen sie bis an die Türe heran und verrammeln sie geräuschlos mit Strick und Querbengel. Dann ziehen sie sich auf den Fußspitzen an ein Seitenfenster zurück, das noch erleuchtet ist, und nun hebt ein Gesang an, ein «Wiegenlied», so ergreifend und hinreißend, dass rings in der Nachbarschaft die Fensterläden in Bewegung geraten:

> «Es nachtet, mei Schätzt, das Mondel geht auf
> Und schaut wie a Batzi zum Sterndel hinauf:
> Ja, schau du nur Mondel und guck wie du witt
> Und wenn d' na so blinzelst du kriagst mi doch nit!»

Man riegelt und zerrt und zwängt von innen an der Türe — sie hält! Zweite Strophe:

> «Was braucht ma de Man und was braucht ma die Stern:
> Die Nasen vom Stöff ist die schönste Latern!

> *Die geht ja nit aus und die brennt ja so guat:*
> *Sei Oel hat er alleweil am schlampigen Huat!»*

Flüche und Gepolter: «Könnt's denn die verdammte Türen nit öffnen? Straubinger! Holen's doch den andern Schlüssel – nein, gehens liaber ans Telephon... ös verdammte Deixeln...» Dritte Strophe:

> «*So stolz wia der Pfau tragt das Baberl den Kopf*
> *Doch unter dem Halstuach versteckt sie an Kropf!*
> *Und glatt wia ne Pflaumen tragt 's Baberl sein Gsicht,*
> *Doch würd's net rasieren, so könnts dees a nicht!»*

«Krach! Los! Dort kommt einer! — fort!» Eine wilde Jagd geht an; Pfiffe und Alarmsignale, Flüche und schnaubende Verwünschungen begleiten sie durch Gassen und Straßen. Sie verziehen sich gegen den Bahnhof. Dort steht der Schnellzug: Innsbruck - Kufstein - München unter Volldampf. Zwei Flüchtlinge, ein Kleiner und ein Großer, Dicker springen keuchend in ein Kupee. Kaum sind sie drinnen, so fährt der Zug ab.

«Perk! Das haben wir feingemacht!»

«Die Zeit famos eingeteilt! Nun aber ans Fenster! Dort rennen zwei Polypen da her. Adie! Adie!» Perkeo winkt den Verfolgern mit dem weißen Nastuche zurück. Aber aller Lohn rächt sich schon auf Erden. Im gleichen Kupee sind noch zwei Kameraden, die auf die beiden Schlingel gewartet haben: Fritjof und Tasso!

«Es hätte auch fehlen können!», meint Fritjof, der Mediziner, mit missbilligendem Achselzucken.

«Pah! Wir haben schon Kühneres unternommen!», repliziert der Kleine mit hochgezogener Nase. «A propos: Wie lange bleiben wir in München?»

«Ich bleibe, bis mein Geld futsch ist und ich nur noch das Billet[6] zur Rückfahrt habe! Das ist echte Studentenart!», erklärt der Dicke.

«Ich bin dabei!», ruft der Kleine mit Begeisterung.

In der Morgenfrühe fährt der Schnellzug in München ein. Auf Fritjofs Vorschlag wird die Zeit für diesen Pfingstferienaufenthalt in der Biermetropole ausgezeichnet eingeteilt. Vormittags werden die Anstalten für Kunst und Wissenschaft besucht, nachmittags bei gutem Wetter die Sehenswürdigkeiten von München und am Abend irgendein klassisches Theater oder eine Oper. Selbstverständlich bildet immer das Hofbräuhaus die Zentrale der ganzen Unternehmung. München beschreibt man besser nicht, man geht hin!

*Doch jeder Frühling nimmt ein Ende,*
*Gewöhnlich noch vor — Jahreswende!*

Am Abend vor der geplanten Heimfahrt sind alle vier im Hofbräuhaus. Dieses Eldorado biergemütlicher Seelen kommt wohl von allen Räumen des Weltenraumes dem Ideal des Schlaraffenlandes am nächsten. So ein Münchner «Bierwastl» kann sich den Himmel sicherlich nicht anders vorstellen, als eine Abwechslung zwischen Hofbräuhaus und Oktoberwiese, höchstens noch beides zeitlich und räumlich etwas in die Länge gezogen. Krach und Perkeo sind denn auch in ihrem Element. Bei Maß und Kalbshaxen scheint ihnen die soziale Frage bis auf den kleinsten Rest gelöst; dort lässt man ein Bier heraus; aber das muss man gesehen haben:

---

[6] Schweizerisch / Französisch für Fahrkarte

Plong — glang — glung glong — macht es nur und eine Maß ist gefüllt, eine Maß für 23 Pfennig; dazu eine Kalbshaxe für 75 Pfennig, ein Stück, vor dem ein Bernhardinerhund kapitulieren könnte. Frauen gehen herum und bieten Bretzel und Radi an. Ein Gewimmel wie in einer Fischzuchtanstalt, eine tosende Unterhaltung wie beim Turmbau zu Babel, alles eingehüllt in einen Duft von Tabakrauch, ausgeatmeter Kohlensäure, Weißwürstel und Menschendunst. Krach und Perkeo gestatten gewöhnlich den ersten Schluck der «Bedienung», den Rest jeweils irgendeinem herumlauernden «Wastl», der jeden Rest mit unheilbarer Sumpfgier herunterleert, um sofort wieder Umschau zu halten — entseelte Menschen! Hie und da lässt Perkeo sogar einen Ganzen springen, besonders dann, wenn seine «Pfleglinge» ihr Lieblingslied gesungen haben:

«Mir wird hin und immer hiner
Vor der Menge der Berliner...»

Gerade stimmt dort am andern Tische wieder einer mit unaussprechlicher Innigkeit an:

«Wann's die Saupreiß'n komm'n...»

Es ist abends 9 Uhr — Bienenkorbstimmung. Da singen die vier:

O Schweizer Land, o Schweizer Luft,
Ihr Berge mit ewigem Schnee,

Plötzlich ist es so still, als ob das Menschenmeer durch ein Titanenwort gebannt worden wäre, aber — kaum eine Strophe lang!

Immerhin bedeutet das für das Hofbräu etwas Unerhörtes, Ungeheuerliches. Perkeo lebt im hundertvierundvierzigsten Himmel Mohameds. Da – dort naht ein «Uniformierter» mit Pickelhaube; er macht Augen wie ein bengalischer Königstiger und schwingt einen Schurrbart wie Stierenhörner! Schwer und gewichtig wälzt er seinen Riesenleib daher wie eine wandelnde Festhalle. Ausgerechnet vor dem Tische der vier geht er langsamer und fixiert mit unnachahmlicher Furchtbarkeit … ausgerechnet den Perkeo! Dieser denkt an die letzte Nacht in Innsbruck, sein schlechtes Gewissen lässt ihn vor diesem Blick erröten, und um dieses Erröten zu verbergen, wendet er sich ab; dies scheint dem Kerberus der Gerechtigkeit aufzufallen; denn kaum ist er am Tisch vorüber, so dreht er seinen ungeheuren Schiffsrumpf bei und bleibt mit herausforderndem Blicke vor dem Tische der vier Pfingstbummler stehen, immer nur den Kleinen fixierend. Sollte der Nachrichtendienst der internationalen Polizei so fein funktionieren? Endlich wird es dem Krach zu bunt:

«Was wünschen Sie, Herr Schutzmann? Haben Sie vielleicht einen Haftbefehl?»

«Das kommt drauf an! Gehören die Herren zusammen?», fragt er mit unheimlicher Ruhe.

«Jawohl, Herr Schutzmann! Wir sind vier Schweizer, Universitätsstudenten von Innsbruck, Schweizer und Nationalturner, d. h. Kunstschwinger!», entgegnet Krach.

«Können sich die Herren ausweisen?»

«Selbstredend … hier meine Legitimationskarte!»

«Danke!» Der Polizist salutiert. «Und die anderen Herren gefälligst?» Sie weisen ebenfalls ihre Karten vor, Perkeo zuletzt, mit einem beklemmenden Ahnen vorkommenden Dingen. Wie atmet er auf, als der Schreckliche erklärt:

«Die Herren entschuldigen: Ich habe mich geirrt! Aber sehen Sie selbst: Passt dieser Steckbrief samt Photographie nicht geradezu frappant auf jenen Herrn dort?» Dabei zieht er einen Steckbrief mit Photographie hervor. «Dies ist der berüchtigte Einbrecher und Urkundenfälscher Stemmer von Augsburg!» Krach wirft einen Blick auf das Bild und macht einen Luftsprung; auch die andern stimmen in sein fröhliches Lachen ein; denn dort aus jenem Steckbriefe blickt ihnen Perkeo entgegen, Perkeo wie er leibt und lebt, nur die Ohren des «andern» stehen etwas weiter ab.

«Herr Schutzmann, Sie trinken eine Maß mit uns!», bittet Krach mit ausgesuchter Höflichkeit.

«Ich bin so frei — «

Lange hält Krach den Steckbrief in den Händen; er scheint ihn nicht genug betrachten zu können. Bei der fünften Maß des Polizisten wagt er die Bitte, ihm (dem Krach) den Brief zu überlasten.

«Von Herzen gern: Nur müssen's nicht sagen, woher Sie ihn haben. Ich bekomme schon wieder einen!»

Krach versorgt das Dokument in seiner Brieftasche wie eine Tausender-Note, und Perkeo zahlt noch ... na, lassen wir das!

Am folgenden Tage um die Mittagszeit sitzen die vier in galgenfröhlicher Stimmung im Malteser Bräu. Während sie den Fahrplan studieren, kommt etwas pustend und keuchend heran: «Ha-pwwh — ha-pwwh — ha- wwh!»

Ist's ein vorweltliches Angeheuer, ein Lindwurm? Ja, ein Münchner Lindwurm, einer, der Fässer verschlucken, die Isar austrinken und Ochsen verschlingen kann: Ein richtiger «Bierwastl»! Sein Kopf mit den ausgewaschenen Seehundschnäuzen sitzt eigentlich nur auf dem noch dickeren Halse, seine Nase ist ein Erdapfel, Marke «Blaue Niesen» mit verschiedenen Jungen, sein Bauch ... Verzeih, lieber Leser, wenn ich den nicht beschreibe; nur das eine will ich andeuten: Dass Christoph Kolumbus wohl Amerika nie entdeckt hätte, wenn er auf dem Ozean dieses Globus hätte segeln müssen. Bevor er sich setzt, stellt er sich vor dem Stuhle sorgfältig in Positur; denn der Stuhl soll ja ungefähr unter die Mitte zu stehen kommen! Jetzt! Es ist gelungen! Die ganze Masse schwebt über der verschwundenen Unterlage im Gleichgewicht! Mit ächzender Stimme bestellt er eine Portion Leberknödel; der Mann scheint übrigens gut situiert zu sein; denn an seinen Fingern glitzern kostbare Ringe. Und noch ein anderer Umstand spricht für seine Wohlhabenheit: Da kommen die Knödl; er probiert verkostet, versucht und .... gibt es im brummigsten Münchnerdialekt wieder zurück, indem er eine Kotelette verlangt. Gehorsam bringt die Kellnerin, die ihn jedenfalls kennt, das Gewünschte, ohne eine Miene zu verziehen. Von diesem Kotelett sucht er ein ganz trockenes Stücklein aus, nicht den zehnten Teil des Ganzen, und schaut dann auf den großen Rest wie in düsterer Verzweiflung! «Isch so öppis möglich![7]», wundert sich Tasso. Um nicht verstanden zu werden und auch wohl, um aufzufallen, sprechen die vier ausschließlich Schweizer Dialekt.

«Pah! Das esch jo ganz natürli![8]», gröhlt Krach über den Tisch hin. «Jede Puur weiß doch, dass mer ne uusgmeschteti — Pardong !! — met eme Kafeetäßli voll Melch cha fuettere[9]!»

---

[7]   Dt: «Ist so etwas möglich»
[8]   Dt: «Das ist ganz natürlich»
[9]   Dt.: «Jeder Bauer weiss doch, dass man mit einem ausgemisteten... Entschuldigung! Mit einer Kaffeetasse voller Milch füttern kann.»

Der «Lindwurm» schaut überrascht auf, wohl verwundert über den unbekannten Dialekt und — bestellt einen Kalbshaxen! Das geht denn doch sogar dem Krach über die Hutschnur:

«Wenn eh Chällneri wär, so schliäg ehm 's drett Mittagässe n-i Grind![10]», knirscht er.

«And d'Soose tät em i Hals abe lääre, dem cheibe Güllefaß![11]», sekundiert Perkeo.

Da dreht sich der Koloss von Rhodos nach den vieren um und grunzt gemütlich: «Send öppe di Herre Schwyzer? Ih be nämli au vo Bremgarte![12]» — Weder in der alten und neuen Pinakothek, noch in der Schackgalerie, Glyptothek oder sonst wo hatten die vier so erstaunte Gesichter gemacht, wie in diesem Augenblicke! Das war denn doch das größte Erlebnis in München, und der Dicke putzte einen, das musste man ihm einfach lassen. Er scheint in seinem guten (wohl 2 Kilo schweren) Bierherz die «zarten» Bemerkungen total nicht gehört zu haben; denn «Herr Füglistaller» traktierte die neuentdeckten Landsleute mit einem wahren Ozean von Maltheser Bräu. Und er selbst entpuppt sich als eine urgemütliche Haut.

«Wie kamen Sie denn nach München?», fragt Fritjof, nur um überhaupt etwas zu sagen.

«'s erscht mal of der Hochsigreis! — — hähhhähhäh — Und do heds mer grad so guet gfalle, dass i de Zoog förs Heifahre verfählt ha! — hähhähhähääh — das heißt, hähä, d'Frau esch scho im Schnellzoog inne gsy und het met Schmärze uf e Josef gwartet. Do

---

10     Dt.: «Wäre ich die Kellnerin, prügelte ich ihm das dritte Mittagessen in den Kopf»
11     Dt.: «Und die Sosse würde ich ihm in den Hals leeren, dem Jauchefass.»
12     Dt.: «Stammen die Herren etwa aus der Schweiz? Ich stamme nämlich aus Bremgarten.» (Kleine Stadt, etwa 20km von Zürich entfernt)

han-i zum Absched nor no welle go nes Bier näh as Büffeh, und won-i wider chome, zieht mer bim Eid dä cheibe-n-Isebähndler d'Speer- chetti vor de Nase dore! (In ganz Deutschland ist Bahnhofsperre) Verreckt iäh! Do hättid ehr sölle gseh, wie mis Fraueli d'Länd zum Fenster uus gstreckt hed, wo dr Choli mit ehre-n-ab esch! Lähhähhähhääh. Und ech be do gstande, wie de sälb Esel, wo ne Sack voll Haber hed lo gheie und dänkt hed: „Wie nes liebs Unglück, dass er versprunge-n-esch!" — Lähä —— —— Sälbstverständlich hani im Fraueli nes Teligramm noh gscheckt noch Kufstei, voll Schmärz und Beduure-n-und Sähn- socht! Hähhähhäh! — Und dernoh hani no vier Schtond is Hofbräu chönne, bes dr nächst ab esch. Herrgott und woni ha welle-n-ufe Zoog, hani bigott es Cheibli gha, und am nächste Morge-n-esch mi Frau weder z'Mönche gsy — hähähäh — Und sithär han-i das Cholesüüribärgwärk nümme-n-us de-n Auge gloh, bis i ha chönne singe: An der Quelle saß der Knabe!»[13]

Unter Tränen lachen sie, die vier! Perkeo aber macht ein wahres Spitzbubengesicht, wie immer, wenn er einen Schelmenstreich vor hat.

---

[13] Dt: «Zum ersten Mal auf der Hochzeitsreise ... Und damals gefiel es mir so gut, dass ich den Zug für die Heimfahrt verpasst habe! ... Naja, meine Frau war schon im Schnellzug und wartete auf mich. Ich aber wollte zum Abschied noch etwas trinken gehen und als ich dann am Bahnsteig eintraf, war die Sperrkette bereits geschlossen ... Ihr hättet sehen sollen, wie meine Frau die Arme aus dem Fenster streckte, als die Dampflock mit ihr davonfuhr. ... Und ich stand da und war nicht sehr unglücklich. Selbstverständlich schickte ich meiner Frau ein Telegramm voller Schmerz, Bedauern und Sehnsucht nach Kufstein. Anschließend konnte ich noch vier Stunden ins Hofbräu bis zur Abfahrt des nächsten Zuges. Als ich dann auf den Zug wollte, war ich schon betrunken und am nächsten Tag war meine Frau zurück in München. Und seither habe ich das «Kohlensäure-Bergwerk» nicht mehr aus den Augen gelassen und könnte singen: «An der Quelle saß der Knabe».>

Mit Wehmut und festem Händedruck verabschieden sie sich von dem „Schweizer in der Fremde", der hier wie angeschraubt zurückbleibt. In zwei Stunden — 6 Uhr 32 — geht der Schnellzug nach Kufstein-Innsbruck ab. Da wollen sie noch einmal ins Hofbräu, um dort von Echt-München Abschied zu nehmen. Auf dem Wege dahin hält sich Krach stets an der Seite Perkeos. Dieser aber scheint etwas zu spinnen; denn er lächelt heimlich vor sich hin, kichert wie ein Backfisch und reibt sich verstohlen die Hände.

«Du, Perk», ergreift sein Begleiter Krach das Wort. «Ich habe treu Wort gehalten: Ich bin total auf dem Hund!»

«Ich noch nicht!», prahlt der Kleine. «Habe leider zu viel Geld mitgeschleppt!»

«Dann pumpe[14] mir 10 Mark!»

«Pah! Gar nicht notwendig! Ich zahle einfach, was du konsumierst; das ist doch selbstverständlich unter uns zweien!»

«Meinetwegen!» Hätte doch Krach etwas besser auf das Spitzbubengesicht des Kleinen geachtet!

«Wann fährt denn unser Zug?» fragt Perkeo nach einer Weile, nur so nebenbei.

«Um 5 Uhr 30.»

«Da müssen wir aber die Zeit noch gut einteilen! Wie viel Uhr hast du denn jetzt?»

Krach zieht die Uhr und hält sie ihm hin:

«3 Uhr 47!»

«Sie geht vor! Nach der Bahn ist jetzt genau 3 Ahr 44!»

---

14   Dr.: leihen

Und Krach dreht ahnungslos seine Uhr um drei Minuten zurück! Perkeo jubelt innerlich und ... spricht vom herrlichen Wetter! Im Hofbräu wird ein tüchtiger Abschied gefeiert, und dann geht's nach dem Hauptbahnhof. Wie sie das Portal betreten wollen, bleibt Perkeo plötzlich stehen und Krach mit ihm.

«Krach! Du bist literarisch besser auf der Höhe als ich: Könntest du mir nicht am Kiosk eine gediegene Reiselektüre oder so was holen? Ist noch Zeit?»

Krach zieht die Uhr:

«Noch fünf Minuten! Geld her!»

Perkeo reicht ihm eine Mark, und Krach geht damit zur nächsten Bude. Er kauft «Künstler und Herrenkind» von Hans Eschelbach. Während er darin blättert, betritt er den Bahnhof wieder und hört schon von weitem rufen: «Rosenheim - Kufstein - Innsbruck!»

«Werscht wohl warte![15]», knurrt er gemächlich. Da, ein metallisches Klirren. Krach schaut auf und — wäre beinahe zu Eis erstarrt! Herrgott von Spandau! Dort hat wirklich und wahrhaftig der Eisenbähnler die — die Sperrkette vorgezogen!

«Himmel! Das kann, das darf nicht sein! Ich überspringe die dreimal verfluchte Kette — los!!»

«Halt! Was wollen Sie denn noch? Sehen Sie denn nicht, dass der Zug bereits in Fahrt ist?», wehrt ihn der Perron-Schaffner ab.

«Richtig! Dort dampft er ab! Ab!» Mehr bringt der unglückliche Krach nicht heraus und — Himmelhöllendonnerwetter! Dass euch der Satan reite! Dort aus dem fahrenden Zuge winken drei weiße Nastücher!

---

[15] Dt.: «Du wirst wohl warten können!»

Der abfahrende Zug ist schon längst verschwunden und Krach schaut immer noch nach jener Richtung hin. Da fährt er sich über die nasse Stirne:

«Bin ich verrückt geworden? Wie war das möglich? Ich habe doch meine Uhr genau...»

Er zieht die Uhr und vergleicht sie mit der Bahnhofsuhr:

«Alle Teufel! Drei Minuten nach! Perkeo! Das ist dein Werk! Ah! Also darum musste ich die Uhr richten — darum hast du mir nicht pumpen wollen — damit dein «bester Freund» ohne Geld in München zurückbleibe!»

Ohne Geld in München! Er untersucht das Portemonnaie; noch 75 Pfennige! Er öffnet die Brieftasche: Vielleicht, vielleicht noch eine vergessene Note? Leerer Wahn ... Doch, halt!! Was ist das? Warte, warte, Bürschchen!

Über Krachs Gesicht geht ein Wonneschauer; seine Augen strahlen einen bräutlichen Glanz aus und um seinen Mund liegt etwas wie unsäglicher Triumph; denn:

In seiner zitternden Hand hält er den Steckbrief Stemmers, des Einbrechers von Ausgburg!

Mit Riesenschritten geht er aufs nächste Telefon und läutet an:

«Bitte Polizeibüro Innsbruck .... Hier München! Mit Schnellzug München-Innsbruck kommt Steckbrief No. 273 ... Ja ... Ja. Wie? ... Ja. Einbrecher und Urkundenfälscher. Zuletzt in Augsburg .... Ja, ja ... Ohne Zweifel ... Hat sich Legitimationskarte von der Universität Innsbruck verschafft. Ganz geriebenes Subjekt, hat sich an zwei Studenten herangemacht. ... Ja, gewiss. Wird wohl mit ihnen was vorhaben ... Höchste Zeit, wenn nicht ein neuer Fall eintreten soll. Verfügt über unglaubliche Frechheit. Sehr gefährlicher Kunde ...

Am besten mit Handschellen und in starker Begleitung. Bitte, bitte ...Dank meinerseits ... Die Ehre!»

«So, Bürschchen! Um diesen Empfang soll dich jeder Landesvater beneiden! Ah! Diesmal putzt der „andere"!»

Krach geht an den Fahrplan: Der nächste Schnellzug geht um 10 Uhr 13! Da kann er ja im Wartesaale ein bisschen einnicken...

Er drückt sich in die weichen Polster des Wartsaales 1. Klasse und träumt bald von einer wilden Verbrecherjagd. Er verfolgt den Stemmer von Augsburg über Dächer und Mansarden, über Bahnhofplätze und Sperrketten, auf die Türme der Frauenkirche; da kann er ihm nicht mehr entrinnen. Dort oben entspinnt sich ein Kampf auf Leben und Tod. Mit der Kraft der Verzweiflung versucht Stemmer den Verfolger in die Tiefe zu stürzen. Krach kann den Gegner nicht fassen; denn aus dem Stemmer ist der dicke Füglistaller geworden; dieser schüttelt ihn mit Riesenkraft ... Jetzt ... Jetzt die Entscheidung: Krach erwacht! Ein Polizist hat ihn geschüttelt, ein wirklicher:

«Was tun Sie hier?», fragt der Uniformierte barsch.

«Ich warte auf den Zehn-Uhr-Schnellzug!»

«So! Um halb zwölf Uhr!»

Krach reibt die Augen wie in erwachendem Wahnsinn: «Herrgott, ja! Es ist wahrhaftig halb zwölf Uhr!»

«Zeigen Sie mal Ihr Billet!»

Nach langem Suchen kommt es zum Vorschein.

«Gut! Aber Sie haben nicht 1. Klasse. Gehen Sie in das andere Abteil!»

Wie gebrochen geht Krach hinüber und erwartet den Morgenschnellzug. Zu einem Imbiss reicht seine Barschaft nicht mehr.

Mit wehmütigem Magen steigt er endlich in den Morgenzug und liest «Künstler und Herrenkind».

Endlich! Kufstein! Der Zug hält! Teufel! Was ruft denn der Kerl dort draußen!

«Kufstein! — Alles aussteigen! Drei Stunden Aufenthalt!»

Und es geht gegen Mittag!

Um die Zeit totzuschlagen, besteigt er den Schlossberg und besucht die Feste Geroldseck (13. Jahrhundert) mit ihrem mächtigen Rundturm. Aber je mehr er spazieren geht, desto grimmiger knurrt der Magen. Zwei Stunden vor Abfahrt ist er wieder im Städtchen. Der Himmel ist trübe wie Krachs Gemüt; das Knurren des Magens geht in ein unbändiges Heulen über; dort auf der Terrasse des Restaurants wird diniert; er sieht dampfende Schüsseln, schwerbeladene Platten, hört übermütiges Lachen. Da zählt er seine Barschaft nochmals: 35 Pfennig! (Das Telefon hat 40 Pfennig gekostet). Dies reicht gerade für ein großes Bier und ein Brötchen. Also los!

Er betritt die Terrasse des Restaurants:

«Sie wünschen?»

«Hm — hm!» Krach sieht sich um und besinnt sich, als ob er soeben von einer lukullischen Hoftafel käme! «Vorläufig ein Pilsner! Eine Bretzel können Sie zugeben!»

Der Dicke nippt und knuspert wie eine Dame an dem Zeug herum; endlich ruft er wie gelangweilt:

«Fräulein, bitte, zahlen!» Die 35 Pfennig hat er krampfhaft in der Faust; das hübsche Ding dort kommt heran:

«Ein Pilsner und zwei Bretzel — macht dreißig!»

Krach legt seinen Schatz hin:

«Da haben Sie noch einen Fünfer für den Hochzeitsstrumpf ... oder Kriegskaffee,

was?»

«Ja, mein Herr! Dös is deutsches Geld! Hier seid's im Tirol!»

Krach glaubt einem Herzschlage zu erliegen; heiß fährt es ihm über den Rücken:

«Im Ti — Tirol?»

«Habens dös in der Schule nit g'lernt?»

«Sie nehmen kein — kein deutsches Geld?»

«Dös schon! Aber wir berechnen Zuschlag; nach Deutschem macht's 45 Pfui!» (Sprache der Handwerksburschen!!)

Auf der Stirne unseres Robinsons zeigen sich die kalten Schweißtropfen des Todeskampfes; auf seinem Gesichte liegt die Farbe der Agonie.

«Fräulein — Fräulein! Einen Augenblick Geduld!»

Sie zieht sich kichernd zurück, mit einem Gesichte, als wollte sie sagen: Das ist wieder mal ne richtige Nummer.

Krach hält indessen Generalinspektion über sein Inventar:

Er untersucht die Fächer seines Portemonnaies, durchsucht die Brieftasche, als wolle er darin urgeschichtliche Inschriften entziffern, kehrt alle Taschen um, schüttelt die Nastücher aus, prüft mit tastenden Fingern die Fütterung seines Gewandes, und fährt im Ballaste seines Reiseköfferchens herum, als wolle er darin Mehl rösten.

Während dieser Verzweiflungsarbeit hört sein scharfes Ohr vom Büffet her ein sich fast überschlagendes Gekicher: «Schau dort, Lehni! Jetzt sucht er nach Kupfer! Z'wenig lang g'focht'n hat'r! Er muaß no a mal geahn! Schad, dass 's so 'n Stromer ist! So 'n flotter Kerl! G'schamen sollt er si, der Hallodri! Hihihi …… Jetzt hat er dort 'n Hosenknopf gfund'n, glaub i … Woher der nur sei schöns Gwandl hat? Und «di Ehr', mein Herr» hab i no zue-n-eahm gsagt. Hab gmoant, es komm a Grafen mit seim Goxel …»

Krach büßt indessen vor Scham sämtliche Sünden der Gaumenluft, die er sich in München hat zu Schulden kommen lassen. Das Resultat seiner Inventarisation aber ist folgendes:

35 Pfennige, ein österreichisches 10-Hellerstück, ein Schweizerhalbbatzen und eine 5-Hellermarke!

«Fräulein!»

«Bitte??»

«Hier! — Können Sie … das da brauchen?» Schamglühend und auf die Zähne beissend legt er seine Liquidation auf den Tisch.

«O gewiss!», sagt die Schöne mit ironischem Ernste. «Wir können alles brauchen! Wenn Sie vielleicht noch trockenes Brot haben … Wir haben Kaninchen!»

Da ist auch für Krach das Maß voll!

«Fräulein! Bitte, rufen Sie mir den Herrn Hotelier!»

«Den Hotelier? Da werden's wenig reüssieren; der ist Mitglied des Armenvereins, wo

man nur — wie soll ich sagen … verschämte Arme unterstützt … für Durchreisende«

«Fräulein! Das alles ist vorläufig meine Angelegenheit! Sie wollen also nicht so freundlich sein?»

«Warum nicht! Dort kommt er!»

Der Angerufene kommt herbei und blickt Krach erwartungsvoll an. Die Bedienung zieht sich zurück, natürlich in gemessene, oder vielmehr abgemessene Entfernung!

Krach erzählt, angefangen vom Polizeiständchen in Innsbruck, erzählt mit der Gewandtheit eines orientalischen Märchenerzählers.

Das Gesicht des Hoteliers macht nun folgende Phasen durch: Gemessene Höflichkeit — künstliches Interesse — natürliches Interesse — Spannung — spannende Belustigung — himmlisches Vergnügen — Entzücken — zurückgehaltene Eruptionen — Eruptionen mit Tränen — Lachkrampf — Endlich sagt er in abgerissenen Sätzen, indem er die Tränen abtrocknet:

«Wenn das, was Sie mir da erzählten, lauter Schwindel wäre, so wäre der Witz doch die beste Flasche wert — Herr ... Wie ist doch Ihr werter Name?

Krach zeigt seine Legitimation als Student der Chemie.

«Waaas? Sie studieren an der Universität Innsbruck und sind Schweizer? Herr, nun bezweifle ich nicht ein einziges Wort. Ihr Zug geht in anderthalb Stunden; darf ich Sie zu einem Glas ...?»

«Herr Hotelier! Entweder bin ich ein Hochstapler oder das, was meine Legitimation sagt.»

«Ich bürge für Sie!»

«Gut! Dann aber verlange ich Kredit für das feinste Mittagessen; Sie sind mein Gast! Das Geld werden Sie übermorgen ...»

«Mit Ehre und Vergnügen! Brauchen Sie vielleicht etwas an bar?»

«Ich bitte um 10 Kronen!»

«Hier! Und nun, einen Augenblick Geduld!»

Der freundliche Hotelier verschwindet und kommt in einer Minute wieder:

«In Ordnung! Bestellt! Welche Marke?»

«Moselblümchen! Vorläufig! Heute reut mich nichts!»

Sie sitzen zusammen; nochmals muss Krach alles wiederholen: Vom dicken Füglistaller, vom Steckbrief von der «Regulierung der Ähren», von Krachs Rache am Übeltäter; der Hotelier schreibt alles mit Hast auf. Da kommt das Fräulein, um den Tisch zu decken. Ihr Gesicht ist glühend rot! Wie sie die Kristallgläser hinstellt, sieht Krach, dass ihre Finger zittern, und wie sie mit der ersten Platte — Forellen! — anrückt, da sickert ein Tränlein über ihre Wange. Krach ist wieder einmal Herr der Situation und König der Herrlichkeit.

«Prost, Herr Hotelier!» – «Prost, Herr Doktor!»

Wie mal der Hotelier herausgerufen wird, kommt die Sünderin heran und zerknittert verlegen den rechten Zipfel ihrer weißen Schürze.

«Herr, Herr ... Doktor! Ich ... ich möchte Ihnen, ich dachte ... «

«Seien Sie unbesorgt, mein liebes, schönes Fräulein! Sie haben mir heimlich Vergnügen bereitet! Keine Entschuldigung!»

Und da wurde Friede geschlossen, noch ehe der Hotelier anrückte! Wie der aber kommt, raunt er dem Dicken ins Ohr:

«Jetzt weiß ich aber ganz sicher, dass Sie ein Student sind!»

«Woher?»

«Ich habe eben durch die Türspalte geblickt! Prost!»

Wie Krach mit dem Zuge abfährt, weht aus dem Fenster des Hotels eine weiße Serviette!

In Innsbruck geht er zuerst ins Restaurant 1. Klasse und liest die neuesten Nachrichten. Plötzlich schaut er auf: Er hört ein Gespräch, welches ihn zu fesseln scheint:

«Hat er sich gewehrt?», fragt der eine.

«Wie ein kleiner Teufel! Aber es waren ihrer vier und diese haben ihm Handschellen angelegt!»

«Und dann? — War er's? Der Stemmer?»

«Keine Idee nicht! Die Polizei ist jämmerlich reingefallen! Ein Student war's!»

«Wie kam das!»

«Er glich eben genau dem Steckbrief und die Münchner Polizei soll ihn gemeldet haben! Der Eingelochte wurde am Morgen darauf von Bekannten und Professoren identifiziert und entlassen. Und am gleichen Tage kam überdies die Nachricht, dass der Stemmer in Augsburg wieder eingebrochen sei. Der Student wurde aber doch bestraft! Man erkannte in ihm einen nächtlichen Ruhestörer!»

Krach und Perkeo suchten die nächsten Tage einander nicht auf! Jeder hatte vor dem andern ein schlechtes Gewissen. Als es aber doch bekannt wurde, lachte man noch lange über «Krachs Münchner Fahrt!»

Ende!